写作的诞生：

如何开启你的写作之路

[美] 多萝西娅·布兰德 著
（Dorothea Brande）

枭男 译

天津出版传媒集团

天津人民出版社

图书在版编目（CIP）数据

写作的诞生：如何开启你的写作之路／（美）多萝西娅·布兰德著；枭男译.--天津：天津人民出版社，2018.10

ISBN 978-7-201-13962-3

Ⅰ.①写… Ⅱ.①多… ②枭… Ⅲ.①文学创作 Ⅳ.①I04

中国版本图书馆CIP数据核字（2018）第184214号

写作的诞生：如何开启你的写作之路
XIEZUO DE DANSHENG: RUHE KAIQI NIDEXIEZUO ZHILU

出　　　版	天津人民出版社
出 版 人	黄　沛
地　　　址	天津市和平区西康路35号康岳大厦
邮政编码	300051
邮购电话	（022）23332469
网　　　址	http://www.tjrmcbs.com
电子邮箱	tjrmcbs@126.com

责任编辑	陈　烨
策划编辑	李东旭
特约编辑	李　羚
装帧设计	阿鬼设计

制版印刷	三河市春园印刷有限公司
经　　　销	新华书店
开　　　本	880×1230毫米　1／32
印　　　张	7.5
字　　　数	110千字
版次印次	2018年10月第1版　2018年10月第1次印刷
定　　　价	36.80元

前　言

　　小说写作、编辑文学作品和评论文学作品占去了我生命的大部分时间。我对小说创作始终持严肃态度，直至今日也是如此。在我们的社会中，小说的影响极大。小说为相当多的人了悟人生哲学提供养料；小说帮助相当多的人构建起了伦理观、社会准则和物质标准；小说帮助相当多的人破除了其头脑中的偏见同时还帮助其开阔了眼界，让其能以开阔的心胸去享受一个更加广阔的世界。

　　由此可见，每一本被广泛阅读的书籍的影响力是无法估量的。假若一本小说内容低劣、持哗众取宠的态度，那么我们的道德水准就会因阅读它而变得低俗，生命也就会因此而变得极其贫瘠；假若一本小说表达了诚挚的思想，同时作者本人也是持诚恳的态度去写作，那么就可以称之为一本真正意义上的好书。当然，这样的好书是很难遇到的，不过，一旦遇到，我们的生命则会因它而变得高贵且丰满。

电影的出现并没有削弱小说的影响力，相反，它还助其扩大了领域——它将那些已经广泛流传的作品传播给了那些因年少无知而不爱读书的人，或因缺乏耐心不能静心读书的人，或因能力所限而无法读书的人。

因此，我不会为自己将小说作家所遇到的困难写了出来而道歉，不过我会为两年来自己没能为作家书库增加一本书而感到歉疚。坦白地说，在我学习写作期间，以及过去在我的学生生涯更早的一段漫长岁月里，我便将能找到的有关小说技巧、情节安排和人物描写的所有书都读完了。

我在各种流派的大师门下虔诚地求教：我对一个热衷文体理论的人十分倾心，他认为人物创作取之不竭的源泉是由角色个性决定的；我听过一位时髦的新弗洛伊德派是如何分析小说写作的；我接受了一个人画表格式的写作指导，又跟另一个人学习了先把大纲列出来，再一点点补充材料，然后写出一个完整故事的方法。

那些已经开拓出领地的作家在文学的"殖民地"里各持己见，对此，我都曾细细聆听过。写作在他们的眼中，或是一种生意、一种职业，或是一门艺术（这种观点非常盲目）。概括来说，我受过各种写作指南的熏陶，那些我从未见过的指导者的著作摆满了我的书架。

（在弗洛伊德看来，潜意识比意识更加重要，他认为本能冲动是人的行为动机的主要来源，他相信儿童时期的人格成长在总体的人格形成方面占据了主体位置。从文学创作的角度来说，弗洛伊德认为，文学创作是作家将现实生活中无法实现的幻想，在经过艺术加工具象化之后呈现出来的一种"真实"；文学创作的动力主要来自人的本能，是作家本我、自我和超我相互作用的结果，与作家的人格形成密切相关，尤其与作家的童年经历密切相关。分析作家的经历、精神与其文学人物塑造和作品形成之间的关系是运用心理分析方法进行文学批评的主要内容。

新弗洛伊德主义对弗洛伊德过分强调本能尤其是性本能感到不满，并在很多方面上突破了弗洛伊德的理论局限。他们对青春期和成年初期的经历在人格形成方面的作用十分重视，也很看重社会文化力量在人的发展过程中起到的作用。

文中讲到的新弗洛伊德派可能是想要教导作者在分析小说时从作家的人格形成对小说创作的影响这一角度入手。）

但是，我从两年前就已经开始教授小说写作课程了。在此之前的很长一段时间里，我所从事的工作是为一家在全国发行杂志的出版社遴选小说，审读书稿，与编辑及年龄不一的作者就一些书稿进行商讨，写小说、小说评论和内容广泛的文学批评。

两年前，在我初次讲课的时候，讲授的内容大都是从各种各样的参考书中引用过来的，当时我的脑子里并没有多少自己的想法。尽管此前我已经对大部分写作指南书感到失望，但我并没有意识到我失望的真正原因，直到我加入了写作老师的队伍。

我对大部分写作指南书感到失望的真正原因是：**一般的学生或大部分初学写作者所遇到的困难是——我能不能写的自信心问题——而这种困难并不是小说创作技巧所能够解决的**。假若这些初学者能够知道自己的作品枯燥乏味的原因，也许，他们就不会去任何写作班报名了。不过，多数情况下，他们对此是毫无觉察的。此时的他们只是模模糊糊地知道，对自己来说好像无法逾越的困难已经被那些成功的作家克服了。

他们认为，每一位成功的作家都拥有某种神奇的力量，或者通俗来讲，就是某种成功的秘诀。他们就会对此进一步猜想，认为教授写作课的老师知道那种神奇的力量，而且或许会在课堂上透露与此有关的只言片语，如同芝麻开门的咒语一般。正是由于渴望听到这种秘诀，他们才会毕恭毕敬地在教室里端坐，仔仔细细地聆听一系列的课程，学习情节设置、故事类型……

然而，这些写作技巧与他们的困难毫不相干。他们会读到作家讲述自己创作方法的文章，会借阅或购买所有标题中带"小说"字样的书。

这些初学者对于上述的任何一种情况，最终都会感到失望。"天才是教不出来的"这一简单的断言会在第一次导论课中，在书中的前几页，在他们喜欢的作家文集的字里行间出现。就这样，他原本渺茫的希望泯灭了。因为不管他是不是意识到了，这一句类似断言的话就这样摧毁了他正在寻找的那种神奇的力量。自此之后，他便再也不会冒昧地用"天才"之类的言辞去描绘自己想要把脑海中的思想用文字诉诸笔端的莫名冲动，他也绝不会再有片刻将自己归为不朽的作家之列的胆大妄为的想法了。

但是，大部分老师和作家似乎都认为，必须尽早并且尽可能突然地将"天才是教不出来的"这一否定观点表达出来，这才是彻底泯灭初学者希望的真正丧钟——他曾经渴望听到，的确存在一种有关写作的神奇力量；他曾经渴望，有人可以将他带入伟大作家的队伍中。

我相信，这本书是独一无二的。因为我知道，他的渴望并没有错。**同时，我清楚地知道，这样一种可以传授的神奇的力量是确实存在的**。讲述关于作家的神奇力量就是这本书的全部内容。

目录
c o n t e n t s

chapter 3　表里不一的好处

chapter 4　插曲：关于听从建议

chapter 8　对自己的作品进行批评

chapter 9　像一个作家那样读书

chapter 10　关于模仿

chapter 11　学会重新看

chapter 12　原创性的源泉

chapter 13　作家的娱乐

chapter 14　练习故事

chapter 15　伟大的发现

chapter 16　第三个人，天才

chapter 17　作家的魔力

结论　几点实用的忠告

chapter 1

四种困难

写作本身的困难：是否要写／"一本书作者"／间歇性的作家／不均衡的作家／

并非技巧方面的困难

在郑重致歉并表达了我的信心之后，从现在起，我要将我的想法告诉那些热切希望写作的人。

确实存在作家的神奇力量。而且幸运的是，很多作家都遇到过或经历过这样的体验，从某种程度上来说，这种体验还是可以描绘并且传授给其他人的。为了做好学习这种体验的准备，你必须走一条迂回的道路。

第一，对你遇到的主要困难进行考虑。接着，为了帮助你克服这些困难，做一些简单却又急需的练习以自我施压。最根本的一点是：你必须有信念，并且有足够的好奇心，愿意接受一个不相同于你在课堂上或者课本里学到的奇怪的建议。

第二，除了承认写作需要一些初步知识之外，我准备将那些为年轻作者提供写作指导的惯用步骤和方法全部抛开。假若你翻开一本有关怎样解决作家所遇到的困难的书，你会发现百分之九十的书中，甚至在开篇部分就会用一些令你失望的段落和文字告诫你：你可能根本就不能当一名作家，你可能不具备品位、想象力、判断力以及某些特殊的能力，而没有这些特殊能力，你是无法从一个满怀渴望的人变成艺术家或者是总体上过得去的匠人的。

更有甚者，那些书会告诉你：你想写作的愿望不过是一种"婴儿期"自我表现欲的延伸。或者你会听到有人说：不能因为你的朋友觉得你是一个伟大的作家（似乎他们确实说过这样的话！），就指望着世界上所有的人都这样认为。诸如此类，极其无聊。

我不清楚为什么会有这么多关于写作的悲观看法。指导画家的书至多只会说想当画家的读者现在还是自大自负的、拙劣的画匠，而不会把他贬得一无是处。讲授工程设计的课本也不会开宗明义，警告学生因为他只会用一根火柴和两根橡皮筋编成一只蚱蜢，所以不可能在未来的职业领域中获得什么成就。

有人说，相信一个人能够写作是最常见的自我谬见，也许这样的观点有些道理，但是我却不能同意。我的亲身经历告诉我：任何一个人在极短的时间内都不能在任一领域一蹴而就，假若一个人想要立竿见影地学习好某项技能，并急于求成，那他很只会收获到失败。所以这本书的读者定位是这样的：

那些知道当自己选择写作的时候，就已经对读者负有一种责任，所以下定决心要尽自己最大努力去写作的人；那些满怀渴望、对自己的感觉和智力有信心、能够对句子成分和段落结构加以学习的人；那些已经（并且正在）抓住一切机会对写作技巧进行学习的人，以及那些已经为自己建立了十分严苛的标准，而且会通过不断的努力实现目标的人。

　　我见到的大多数优秀作家——不是那些低能的、受到包装的、粗制滥造的作家——都拥有上述品质。就这一点来说，我是非常幸运的。然而，可悲的是，我遇到过的很多年轻人都十分敏感，很难说服他们认同这一点，因为他们遇到过我们将在下面探讨的一种写作障碍：他们被宣判为根本当不了作家。

　　对于其中的一些人，他们强烈的写作欲望战胜了这种谬见；但还有另外一些人找不到创作的出路，就退缩到现实生活中，从此闷闷不乐、心神不宁。我希望，这本书能够坚定那些摇摆不定，在坚持写作还是要另谋出路边缘徘徊的人其内心的理想。

　　有四种困难重复出现在我的人生经历当中。与那些需要学习人物刻画、小说结构等技巧的人相比，向我咨询这四个问题的人要多很多。我想，每一位老师都听到过学生抱怨同样的问题，但是老师很少动手写作，他会因为这些不属于他的专业范畴而拒绝回答，或者以这些问题为证据，认定那些受此困扰的学生没有写作天赋。

然而受到这些问题困扰的人，才是真正具有写作天赋的学生。他们具有的感受力越是敏锐，面对的危险好像也就越大。那些被廉价雇佣的枪手或还没有崭露头角的作者基本不需要此类帮助。然而写作指导的一般目标是对小说写作中学了就忘的技巧进行讲授，却会拒绝或忽略真正的天才初学者遇到的困难。

◈ 写作本身的困难：是否要写

写作本身的困难——即是否要写——是第一个问题。假若一个人要先确保自己才思敏捷、内心丰富才能写作的话，那他是不会开始写作的。假若他在写作时不能做到轻而易举，那他就是不适合这个行业。这种结论完全是无稽之谈。假若老师说，他在这个学生身上看不到一点儿希望，那么在他表达这种观点之前，应该有更多的理由去探究写作本身的困难。

困难可能来自年轻和自卑。有时候，做不到才思泉涌的原因是害羞。一般来说，这源于对写作的误解，或者是由于顾虑太多而导致的尴尬。对于初学者而言，他可能会虔诚地等待自己曾经听说过的上帝的灵感之火准确无误地燃烧；他可能会发自内心地相信，要想点燃上帝的灵感之火只能借助偶然的火花。

需要在这里特别指出的是：在解决关于故事结构或情节安排之类的困难之前，这种困难需要优先解决。除非作家能够接受帮助，将其克服，否则，任何写作技巧上的指导对他来说都是没有必要的。

"一本书作者"

一般的外行人不会相信第二个问题，那就是早期成功过的作家很难重复自己的成功。不管在何时遇到这个问题，都能用一句行话来解释：我们将这种作家称为"一本书作者"。他通过写作完成了自传的一部分，将自己对父母和个人经历中的某种精神压力释放了出来。他已经解脱了，很难再重复这样的经历。不过很明显，他觉得自己并不是"一本书作者"，也觉得我们应该期待他写出新的佳作。

再者，从这个意义上讲，每一部小说都是自传性质的。不过总有一些作者是非常幸运的，他们可以继续对自己经历中的部分内容进行加工、重组，使其变成一系列的、长长的、令人满意的故事和书。的确，他这样想没错：他的创作突然遇到瓶颈，这是一种病症。一般情况下，这种病症能够得到缓解。这样的想法也没错。

很明显，假若这个作家取得过的成功是当之无愧的，那就说明他已经掌握了写作的技巧，甚至可能知道得更多。他的问题与写作技巧无关，除非是偶然的运气，这个僵局也不会被关于创作技巧的咨询和建议打破。

在某种程度上讲，与不能流畅写作的初学者相比，他是幸运的，因为至少他已经对自己运用文字给人留下深刻印象的表达能力做出了证明。但是，他无法重复成功，并对此感到焦虑，这有可能会导致他丧失自信，假若任凭这种情况继续往下发展，甚至会使他感到绝望。最终可能出现的结果是——一位优秀的作家就此消失了。

◈ 间歇性的作家

将前两个问题综合起来，就会产生第三个问题：这种作家要想重新进行富有成效的写作必须经过长期间歇。我教过一个学生，她的成果是一年写出一篇短篇小说——不管是对于体力、生计，还是精神方面的满足，这都是不理想的。那些写不出作品的间歇时间对她而言，就是一种折磨；在这期间，世界对她来说就是一片荒漠，直到她能够再次写作。

每当她发现自己无法写作的时候，她就觉得自己再也不能复制以前的成功了。第一次见到她的时候，她几乎让我也对此深信不疑。但是一个周期过去以后，她总是又能继续写作了，而且写得非常好。

她的事例也能说明，任何写作技巧的学习都无法解决这样的困难。那些遇到这种困难的人，正在饱受沉默间歇的痛苦，就连一个想法、一个句子都不会浮现在脑海中。一旦他们打破这层坚冰，就可以像卓越的艺术家和优秀的匠人一样写作。教授写作的老师必须清醒地认识到这种困难的根源，这样才能给出相应的建议。

再次说明，等待灵感火花迸发的依赖心理是导致这一现象的背后原因。一般情况下，这样做是为了追求理想的、完美的结果，就如同总也无法等到天光大亮一样。有时（不过很少如此），这是一种很微妙的虚荣心在作祟，不愿意承受半点被拒绝的风险。在预先没有百分之百的把握可以写出大受欢迎的作品时，他宁可不写。

◈ 不均衡的作家

其实，第四个困难涉及的是技巧方面：想给一个生动但不完美的故事设计一个成功的结尾，却无能为力。通常来说，遇到这种困难的作家都能写好故事的开头，但是写了一点之后他就会发现，自己驾驭不了故事的发展。或者一个好故事会被他们写得干涩单调、枯燥乏味，乃至失去了它原有的活力以及优点。有时他们找不到充足的动力去推进主要情节的发展，因而使故事难以为继。

的确，通过学习各种叙述形式、结构安排以及阅读枯燥乏味却有助于跨过这道坎的"创作秘籍"，那些遇到这种困难的人可以得到极大的帮助。**但即便如此，在他遇到故事形式的问题之前，真正的困难早就存在了。**

这种作者还没有足够的自信，认为自己能够写好故事；或者他经验不足，不知道他的人物在现实生活中会怎样行动；或者他十分害羞，不能够满怀激情地、全面充分地面对现实人生，而这种态度恰是一个作家在进行创作时应该有的。假若一个作家接连写出来的一个个故事都是拘谨的、单薄的、情节突兀的，那么很明显他需要的不只是单纯的批评，他还需要更多的指导。

他必须尽快学习，使自己对故事的直觉充满信心；学习如何在叙述故事的过程中适度放松，直到他能够熟练掌握这一领域的大师们所拥有的那些灵巧技艺，并对其熟练运用。所以不管怎样，这种困境不是作家写作技巧方面的缺陷，而是他个性方面的问题。

◈ 并非技巧方面的困难

以上四种困难是作家在写作初期经常遇到的。

几乎所有学习短篇小说创作这门课程，或购买小说写作指南的人，都会遇到其中的一两种困难。要想从以后对他们大有帮助的写作技巧训练方面获益，他们就必须克服这些困难。有时候在课堂氛围的激励下，写作者们会在上课期间写出很好的故事。但是一旦那种激励消失了，他们的写作就会停滞不前。

真正热爱写作的人多得出人意料。虽然很多人连课堂上布置的写作练习都完成不了，但是他们仍怀揣梦想、一年复一年地参加写作课学习。很明显，这些人一直在寻求帮助，却总不能得到。而且，他们充满渴望——为了从那些初学者的课堂里脱颖而出，跻身成果丰硕的作家行列——准备不顾一切地投入金钱、时间和精力。

作家是怎样的人

假若这些困难确实存在，我们就必须尽量在困难出现的地方将它们解决。弄清楚这些问题出现在哪里，是生活中、习惯上、态度上，还是性格本身。

你要知道作家是怎样的人以及作家是怎么工作的，并且调整你与周围事物的关系和你做事的方法，学会用同样的方式工作，以利于你朝着设定的目标前进，而不让这些事情成为你的阻碍。这样一来，那些摆放在你书架上的有关小说写作技巧的书，以及写作风格和故事结构典范已经确立的、为同行竞相模仿的大师们的作品，才能对你产生价值，并为你提供帮助。

我写这本书，并不是想在教授写作技巧方面取代那些书。有一些写作指南的价值非常高，值得每个作家拥有。我在附录中将我所能找到的对于我和我的学生帮助非常大的那些书目一一列了出来，我确信这个书单还可以成倍增加。

这本书是一本读那些书之前应该阅读的书，而不是它们的同类读物。假若它获得了成功，那么它的成功之处并不是教初学者怎样写作，而是教他们怎样成为作家。怎样写作和怎样成为作家之间是有很大区别的。

◈ 培养作家的气质

成为作家首先要培养作家的气质。当前，"气质"这个词在循规蹈矩的人眼中，是十分值得怀疑的。所以我接下来要说的是，这本书肯定不是（所有的想法中任何一部分都不是）要把那种放纵不羁的、让人疯狂的波希米亚式生活方式（捷克西部地区过去被称为波希米亚，在历史上这里生活着很多个民族，也是吉普赛人的聚集地。热情奔放、浪迹天涯是波希米亚人的特点。因此，波西米亚式生活方式也就成了自由、流浪的代名词。）一遍又一遍地灌输给初学者，或者是要把情绪化的、神经质的异想天开确立为组成作家生活的一种必要成分。正相反，**当情绪化和神经质确实存在时，恰恰表明艺术家的个性出现了偏差，甚至即将误入歧途——这样导致的结果是精力的浪费和情绪的消耗。**

　　我之所以说"当情绪化和神经质确实存在时"，是因为虽然大部分人都相信，艺术家生活中必然存在傲慢唐突的冒失行为，实际上假若不是亲眼所见，这种行为是不存在的。人们听说过很多艺术家的故事，他们也许会认为，假若一个人以"诗人"进行自我标榜，这种"诗人执照"就好像表示他有对自身不道德行为忽视的权利。

　　假若人们对于艺术家的看法不会给那些立志写作的人带来影响就无所谓。不然的话，这会改变他们自己的意愿和原有的优秀品性。确实有某些可怕的、危险的东西存在于艺术家的生活中，我们把某些自我意识视为有害的麻烦制造源。人们对艺术家之所以会存在这样的看法，原因就是他们看到过太多这样的证据。

◆ 真假艺术家

无论怎么说，我们当中出身于能够看到真正有艺术气质的艺术家的人只是少数。由于艺术家当然会——而且是十分必要的——以不同于普通行业的标准来规范自己的生活，所以，当我们站在旁观者的角度观看的时候，就很容易对他们做的事情以及他们那么做的原因产生误解。

艺术家作为怪物的形象是19世纪留给我们的遗产，这份遗产令人十分尴尬。自负的孩子、受难的圣徒、游手好闲的花花公子，都是这个形象的一部分。在此之前，艺术家的形象一直是正面的、健康的。艺术家是多才多艺的天才，更富于同情心，比他的同伴更加勤奋努力，更严格地对自己的品行加以约束，很少需要芸芸众生怜悯他。

天才作家有这样的气质：直到生命终结，还可以保持孩童般的天性和敏感，以及"天真的眼神"，对于画家来说，这一点尤为重要。对新事物具有新奇快速的反应能力，对旧事物具有记忆犹新的能力，仿佛每一个生命的印迹和特征都新奇得如同刚刚脱胎于造物主之手一样，**丝毫不会因为觉得乏味而将它们快速归类存档，放入记忆里；**对环境变化的感受十分迅速敏锐，对他而言"枯燥乏味"一词毫无意义。他总是在悉心观察两千多年前亚里士多德说的"事物之间的相互联系"。对于天才作家来说，这种新奇的反应能力是至关重要的。

◈ 作家的两面

但是作家性格培养中的另一个因素，对于他的成功来说同样具有至关重要的作用。**它们是：成熟、区别对待、温和以及公正。**这是工匠、劳动者和批评家的品质，而不是艺术家的品质。要想创作出艺术作品，他必须不断地保持敏感和童真的一面。一旦艺术家性格中的某一个方面因太过偏激而导致无法控制，他就不能创作出好的作品，或者根本无法创作出作品。

维持天性中这两个因素的平衡，使它们在整体之中达到协调统一，是作家的第一个任务。要想迈向那个幸福的结果，首先要做的就是：分开考虑二者并加以锤炼！

◈ "性格分离"并不总是心理变态

我们都读过杂志文章、周日版的"特刊故事"和普及心理学的书籍，因此，我们对"个性不合群"这类词汇的第一个直接反应就是激烈地躲避。不少读者并不清楚人的大脑构成。在他们眼中，一个具有双重人格的家伙一定是不幸的，应该被送入精神病院。或者用他们认为最幸运的说法来形容，这是个轻狂的、歇斯底里的人。

然而所有成功的作家都属于具有双重人格且十分幸运的一类人。他之所以能够成为一个让人困惑、饱受折磨和喜怒无常的角色，也是基于这一事实。而普通人则会因为自己最起码拥有完整人格而十分得意。不过认识到你的性格具有多面性并不会招来流言蜚语，也不会导致危机四伏。

那些天才作家都公开宣称自己具有双重或多重人格。墨守成规的人总是在埋头走路，而天才则始终神采飞扬。只要天才对它的作用有所了解，就会不断出现改变自我、另一个自我或者更高级的自我等想法。一代代优秀作家对此已经给出了充足的证明。

◈ 双重人格的日常例子

的确，天才的双重人格几乎是司空见惯的事。其实，从某种程度上来讲，这对我们来说很普遍。

每个人都有过类似的经历：情况紧急时做事有条不紊，毫不拖泥带水，回过头来看觉得无比欢欣，如同发生奇迹一样。弗里德里克·迈尔斯 [弗里德里克·W.H.迈尔斯（1843—1901），英国剑桥大学教授，代表作有《科学及未来生命》《人的个性及其肉身死亡之后的存在》等。他研究的主要问题是人的灵魂是否存在，他还曾与一些剑桥的同事一起成立了"灵魂研究学会"。] 就是以此来解释他所谓的天才人物的。

再比如，如同第二阵风一般的重生经历：经过长久艰苦的磨砺，疲倦之气仿佛突然散去，一如凤凰涅槃般从疲惫的身心脱颖而出一种崭新的性格。一度停滞不前的作品创作又开始变得文思泉涌，妙笔生花。还有这样一种道理与上述现象相通的模糊不清的经历，那就是：我们在睡梦中找到了行之有效的解决方法，之后发现这个解决方法是正确的、可行的。

这些日常发生的奇迹都能用来对天才的行为加以解释。在这种时候，意识和潜意识一起作用，产生了最大效果。它们相互扶持激励、加强补充，因此作为结果的行动是在全面的、综合的、完整的人格中产生的，具有权威性，不可分割。

没有什么天赋的人只是偶尔在行动中磨砺自己，而有天赋的人总是经常性地（或者习惯性地，或者十分成功地）这样做。**他不仅在遇到事情时这样做，还会创造事件，在纸张、画布或石头上留下自己对这一刻的记忆。**如同确实发生过的事一样，他创造突发事件，并对其采取相应的行动。他的这种行为使得他在那些更内向、更缺少勇气的同伴中脱颖而出。

所有想要认真写作的人都能从中找到线索。往往你正在幻想的时刻，才会出现第一个困难。想要开始这项事业并不难，只要你喜欢幻想，喜欢读书，觉得很容易可以写出一个短句——诸如此类，在你的意识里就会认为，那个命中注定的、并不是太令人畏惧的使命已经被你找到了。

失望的沼泽

但是有一个问题会随之而来，那就是要懂得成为一名作家代表着什么：做白日梦十分简单，可是要想把白日梦转变为现实就非常困难了，而且还不能使它的魅力受损；不是对别人的故事的模仿，而是发现并完成自己的故事；不是只写上几页就评价其风格或对错，而是要一段段、一页页地连续写下去，这样才能让作品的整体风格、内容和效果接受评判。

这并非一个初学者能够预见的全部。初学写作的人还会为自己的不成熟而担忧，怀疑自己怎么有胆量觉得自己能够写出值得一读的只言片语。如同一个新人演员一样，初学者一想到那些还没见过面的读者就会怯场。他发现，自己能够按照一定的步骤和顺序构思出一个故事，但当他真正去写作时，流畅的文思便会消失不见；当对故事放松控制时，他的故事就会立刻变得难以企及。他害怕写出千篇一律的故事；这种想法甚至会导致他的思维瘫痪：一旦写完这个故事，他将再也无法找到其他令他喜欢的故事了。

　　因为他既没有某些作家的幽默，又没有某些作家的别出心裁，他将会和时下的名人一样，把自己弄得忧心忡忡。他能找出一百个怀疑自己的理由，却找不出一个相信自己的理由。他会怀疑那些曾经给予他鼓励的人是不是过于宽大为怀了，或是自己与文学离得太远，以至于不知道什么样的作品才能算是成功的。他可能还会一个字一个字地阅读一位真正天才的作品，而横亘在两人之间的差距仿佛是一条难以逾越的鸿沟，足以将他的希望吞噬。在这种状态中，他会数月乃至数年陷入停滞不前的境地，只是偶尔能够得到一些启示，偶尔可以感觉到自己的天赋依旧鲜活并且不时萌动。

所有作家都经历过这种失望的时期。毋庸置疑，很多前途无量的作家，以及大部分从未想过要写作的人，回头去看时会发现生命并非如此严苛。有一些人可以在失望的沼泽中发现到达彼岸的路，有时靠的是灵感，有时靠的是坚持，还有些人会求助于书籍和他人。但是一般来讲，他们很难说明自己困境的根源是什么；他们甚至可能会用某个错误的理由对恐惧的原因加以解释，觉得他们"不会写对话"，或者"不擅长组织情节"，或者"对于每一个人物的描写都太过单调"才导致了他们无法有效地写作。

当他们竭尽全力将这些弱点一一克服，却发现他们的困难并没有消失，然后他们就会找出另一套辩解的说辞。有些人会因此而离开写作的队伍，有些人则会继续坚持下去，哪怕他们已经到了非常难受的境地，哪怕他们认为再也无法知道自己是如何陷入困境的。

　　无论编辑、老师或有资历的作家怎样劝阻，这种顽强坚持写作的人都会存在。他需要有这样的认识：首先，在同一段时间内想要做很多事情。其次，尽管他按照一定的步骤和顺序进行了学习，但是他采取的步骤不对。对于他作为一名艺术家的那一部分潜意识来说，绝大部分训练作家从事严肃创作的方法——那些批评和技巧——其实是有害的；反之亦然。但是，可以同时训练一个人性格中的两方面，让这两方面协调一致发挥作用。这种教育首先要做的是：**在进行学习和训练时，必须觉得你是两个人，而不是一个人。**

chapter 3

表里不一的好处

为了说明成为作家的自我训练是一个双重任务，我们先来看一看故事写作的过程。

◈ 故事写作的过程

创意写作和其他艺术一样，也是一个完整的人的实践活动。潜意识必须自由丰富地流动，按照需要将所有的记忆宝藏打开，全部的事件、情景、情感，还有保存在记忆深处的人物与事件的紧密联系；意识则必须控制、辨识、联系这些素材，同时还不能对潜意识的流动情况产生妨碍。

潜意识给作家提供典型场景、典型人物、典型的情绪反应等所有的典型化类型；意识要做的则是决定这些典型中哪些具有普遍性可以成为艺术的素材，哪些太个人化、太怪异而不能使用。意识或许也会要求有目的地增加一些特征，使十分普通的角色变得极富个性，承担一种类型的人格化表现——假若小说的目的是阐释一种现实感的话，就很有必要这样做。

假若我能这样讲的话，那么每个作家的潜意识都会找到一个属于自己类型的故事：由于每个人都有不同的阅历，他总会倾向于把某种特定的困境视为戏剧性的而将其他的困境给忽略掉，就像他对个人的长处和最大的幸福有自己的观点一样。当然，这也就是说，从根本上讲，每一个作家的故事都具有相似性，为此觉得文学会陷入单一性的危险是没有必要的。不过，明智的作家必须对这一点有充分的认识，并且要做出改变，重组素材，将能够给人带来惊奇和新鲜感的元素引入每一个新构思的故事中。

因为大家都喜欢在潜意识中将事物分类，从根本上讲，故事的形式就是由这种潜意识规定和支配的。（在以后的篇幅中我将对这一点进行更充分的论述。在这里要说的是，假若在情节安排的指导和学习上花费太多的精力，就等于浪费时间。的确需要一定的技巧，可以单独研究和学习任何特定时期的名篇佳作，它们的写作模式也值得归纳总结；不过，除非这个学生已经对一个既定的模式运用自如，不然的话，试图通过照搬情节安排模式来规范他的创作的做法通常收效不大。）

不管怎样，故事是在潜意识中产生的。它的出现是自然的，有时只能意识到一点点模糊的迹象，有时却能无比清晰地意识到情境。然后故事经过审视、精简、改变和强化，要么变得惊心动魄，要么变得无比夸张；接着再返回潜意识中，对所有的元素进行最后的综合。在一段激烈的脑力较量之后——**由于作者太过投入，他有时甚至会感觉已经把最初的想法"忘掉了"或"弄丢了"**——**这就是再次提醒意识，综合过程完成，就要开始真正的故事写作了。**

◈ 天生的作家

这一过程对于天才，或那些天生的作家来说，可谓既顺利又快速。上述简单而浓缩的叙述好像是对故事构思过程做出了错误描述。

不过你必须记住，天才是那种拥有一些幸运的禀赋或接受过特殊教育，能够运用他理性的意图统治自身潜意识的人，不论他是否了解这一点。以后会出现这一论断的证据，因为培养一个作家的过程，就是教会一个初学者怎样运用技艺来学会一个天生的作家与生俱来的本领。

◈ 意识与潜意识

潜意识是害羞的、不易控制的、难以捉摸的，但是可以学习利用它，甚至引导它。意识是爱管闲事的、高傲自负的、固执己见的，但是通过训练，可以使它臣服于先天的禀赋。

不过要想使我们的自我受益良多，应尽量将我们头脑中这两项不同的功能隔离，甚至为了使它们不与现实混淆，可以有意把它们视为同一个头脑中两个独立的人格。

◈ 作家身上的两个人

既然这个观念在一段时间内对你有用，那么你可以把自己想象成是由两个独立的人组成的。**其中一个人普通平常、毫无灵感、讲求实际，要承受日常生活带来的压力。**这样做将会有充足的美德来对它的迟钝做出补偿；它必须学会聪明地超然物外、评判是非、耐心忍受。同时，要记住为那个艺术家的自我提供适当的条件才是它的首要功能。

这样，**你身上的另一个人就可以是热情的、敏感的、有偏爱的**，如同你自己一样；只是它不会说出那些特征，也不会把它们表现在现实生活的世界里。很明显，你身上的普通人，即珍爱它世故的一面不会让它去冒险，因为它对于那些只有理性才能应付的情形却总想从情感上解决，结果把自己弄得很惨；也不会让它在苛刻的观察者眼里变得荒唐可笑。

◈ 躲在现实的面具背后

这种天真无邪的双重性带给你的好处是：将你和世界之间明显的障碍清除了，躲在现实面具背后的真实的你，可以按照自己的节奏发展你的艺术创造力。

一般人不是写得太多，就是写得太少，都无法对作家生活形成正确的看法。这很糟糕，但是没有想象力的人会对有人竟希望通过"把文字串在一起"的写作谋取生计和赢得名声的想法，感到难以想象及可笑。当他认识的某个人说自己通过写作表达了对世界的观点，他会认为这很自负，并且会对这种行为进行无情的挖苦和讽刺，以示惩戒。

假若你认为有必要奋然反击，试图对这种没有想象力的态度加以纠正，你就得一直忙下去。不过这样一来，除非你的精力没有穷尽的时候，你将没有足够的力气用于写作。

依然是那个没有想象力的人，对于成功的作家则会显得幼稚而盲目。在成功的作家面前，他会肃然起敬，不过他也会感到不适。他好像认为，只有巫术才能把和他同样的一个人变得如此聪明绝顶。他自愧不如，不再乱喊乱叫，或者根本就不再理会。假若你惹上了他，你就会发现自己的写作源泉被堵塞了。这个劝告是低俗的，不过我无须道歉。它就是：**瞄准你的目标前进，不然的话，你就会惊醒你的猎物。**

◆ 保留自己的想法

同样，一个作家也具备其他艺术的新手所没有的劣势。当他写作时，日常谈话、朋友通信和商业公函的确是他使用的媒介，而且他没有复杂烦琐的、令人印象深刻的方式可以用来表达对外行的尊敬。尽管每个作家都有自己的手提打字装备，可是连这个职业标识都无法给年轻作家留下深刻的印象。在那些新手眼中，其他的艺术形式里，不管是一块画布、一件乐器还是一块黏土都自有其说服力，而且这些有魔力的东西仿佛是天外来的。哪怕一副好嗓子也不是人人都有的。

假若你过早宣布了自己对写作的热爱，那么在你发表一篇篇作品之前，你只可能得到对方的嘲讽。这时，绝大部分年轻作家会从别的艺术家那里学到一招：画家的手里并不总是拿着调色板和画笔；小提琴家也不会随时带着他的小提琴，他们只会在自己工作的时候，或者在面对秩序井然的观众时才使用他的工具。你也要学习这种谨慎所带来的好处，尤其当你还在摸索着前进的时候。

对于作者不愿意泄露自己的职业，有一个极好的心理学上的理由：假若你到处宣扬自己是作家，你就会越说越多，甚至会将尚在构思的内容说出来。现在，你的媒介是语言，你的职业是有效地利用语言。不过潜意识中的你的自我（这正是你想要成为的角色）对于你是把故事写成文字，还是到处去说都并不在意。假若你当时足够幸运，有一个听众给予你回应（此后你总是为此痛苦），那么不管得到的是赞许，还是令人吃惊的异议，你都算是已经完成了自己的故事，得到了报偿。不管是什么情况，你都已经撞线，完成了最后冲刺。

后来，你会发现，再想费尽力气写完那个故事，只会发现兴趣全无，枯燥乏味；潜意识中你会觉得已经写完了那个故事，再写就是把一个故事再重复一遍。假若你能够克服乏味的感觉，继续写下去，你还是会认为那是个平淡无奇、了无新意的故事。因此，你应该学习一下保持沉默的智慧。当你的第一稿完成，假若你愿意，可以让别人对它进行批评和提意见；**过早地谈论你写的故事是一个重大的错误。**

想象自己是具有双重人格的人还有别的好处。担负你与老师、编辑或朋友等外界关系打交道的责任的不应该是你敏感、情绪化的那一个自我。让你讲求实际的自我接受来自外面世界的建议、批评或反对意见；身为艺术家的那个自我不会明白批评和异议并非人格侮辱。他会颤抖、退缩和逃避。要想重新找回那个艺术家的自我，投入到观察和构思故事、寻找恰当的词语表达千千万万种感受上来，是非常困难的。

◆ 你"最好的朋友"和"最严厉的批评家"

从另一方面来讲，你热爱写作的那个自我是直觉而情绪化的。假若你不小心，就会发现自己所过的生活缺乏生机且非常安逸，而不是那种需要持续滋养、激励你天才的生活。通常来说，通过冥想和独处的"艺术气质"足以自娱自乐，要过很久才会有一次想要表达自己的写作冲动。假若由着比较敏感的那一面天性对你的工作和生活做出安排，你就会发现你的世界末日即将到来，几乎没有什么机会能够表现你与生俱来的天赋。

还有一个更加积极的想法：最初就认识到，你喜欢的是一些充满想象力的事情。要对你自己进行客观研究，直到你清楚自己的哪种冲动是恰当的，哪种冲动会将你拖入沉默和惰性的深渊。

起初，你会觉得十分单调枯燥，总是不停地对自己的性格和习惯进行分析；到后来你就会明白，这是你的第二天性。再然后你就会对此欣然接受。当你的分析已经从有目的地获益的阶段跨过，就必须停止这种对自我审视的批评。**简单来说，你必须轮流担当成熟和溺爱、苛刻和服从的不同角色——成为自己最好的朋友和最严厉的批评家。**

◈ 适当的消遣

不要简单地做自己苛刻的、训练有素的长者，而要做自己最好的朋友。不过，没有人会替你找到最适合你的朋友，以及最适合你的娱乐方式和激励方式。

可能音乐（不论你对音乐有多少了解）具有让你在书桌旁坐下来开始内心活动的效果。那么，就应该让你那部分成熟的自我去寻找并向你提供适合的音乐——确保当有人质疑你对弦乐或交响乐或黑人圣歌（黑人圣歌以基督教赞美诗为主要内容，是一种带有宗教性质的民间歌曲，也是黑人音乐的重要组成部分。）的不可思议的品味时，你不会有所戒备。

你还会发现，在写作方面，有些朋友对你帮助巨大，而在其他方面的帮助则寥寥无几——反之亦然。对于初露头角的天才而言，太过刺激的社会生活是很难应付的，就如同对他而言根本没有社会生活一样困难。你只有凭借观察力才会知道，哪个人或哪个人群能够帮助你成为作家。一个你无比佩服的人对此毫不关心，或者一个你觉得十分优秀的人经常惹你生气，与这样的人结交必须将其视为对自己一种极为特殊的纵容，只能将其当成个例。

假若你有一个对你和你的作品无动于衷的朋友，在和他度过了一个傍晚之后，你觉得世界了无趣味；假若一个你认为优秀的朋友让你气愤到无言以对的地步，在你正用心学习写作的时候，你对他们的那种强烈的好感使你难以公正地看透他们。这说明，你该认识别的人、结交一些新朋友了。应该去认识和结交这样的人：**不知道出于什么原因，他们会让你充满力量，会让你产生新的思想，或者更不可思议的是，会让你感觉无比自信，让你迫不及待地想要写作。**

◈ 朋友和书籍

假若你没有找到他们的运气——好吧，**你可以在图书馆的书架上找到数量可观的替代品**，有时它们的伪装极为奇怪。我有一个学生苦读了许多医学案例报告。还有一个学生说，她用了几个小时去查阅一本科普月刊，却难以理解那些简单至极的基础知识，只觉得那些罗列整齐、精细入微的科学事实让她头晕目眩、没了胃口，最终她落荒而逃，找了一大堆文学作品如饥似渴地阅读，才重新找回了心理平衡。

我认识一位很讨厌约翰·高尔斯华绥［约翰·高尔斯华绥（1867—1933），英国剧作家、小说家、批判现实主义作家。在其二十多年的创作生涯中，高尔斯华绥几乎每年都会写一部小说和一部剧本，可谓十分多产。1932年，因其描述的卓越艺术——这种艺术在《福尔赛世家》中达到极致，高尔斯华绥获得诺贝尔文学奖。《有产业的人》《骑虎》和《出租》组成的长篇小说三部曲《福尔赛世家》是高尔斯华绥的代表作。高尔斯华绥以19世纪末和20世纪初的英国社会为背景进行文学创作，他在作品中对英国资产阶级社会和家庭生活及其盛极而衰的历史进行了描写。他的作品具有语言简练、形象生动、讽刺辛辣的特点。］的作品的著名作家，但是高尔斯华绥的节奏感使他产生了写作的愿望。他说，只要拿起《福尔赛世家》读上几页就能听到一种内在的律动，并且可以迅速将其转化为句子和段落。

另外，他觉得伍德豪斯［佩勒姆·G.伍德豪斯（1881—1975），
英国喜剧作家和幽默小说家，1955年加入美国国籍。他的作品以小说为主，
他还参与创作了15部剧本。伍德豪斯善于塑造滑稽人物，描写令人发噱的
场面。他的短篇小说情节曲折而合理，故事性强，遣词造句十分讲究。《周
末伍德豪斯》《伍德豪斯集锦》二书中收集了他的主要短篇小说。《作家！
作家！》是他写的一部自传。2000年，为了纪念伍德豪斯，成立了以他的
名字命名的"波灵格大众伍德豪斯奖"，该奖颁发给英国年度最佳幽默作
品。］是现代幽默大师，在其影响下，他对自己的写作深感失
望。他下定决心，刻意不看伍德豪斯的最新作品，而是抓紧
完成自己手头想写的作品。仔细想一想：这些作者中，谁是
你的良师？谁又是你的毒药呢？

**即将完成真正的写作时，必须让成熟的自我站在一旁，
以便时不时地提醒你，指出你的小问题**，例如你有些啰唆累
赘，或者喜欢重复用词，或者无法控制人物对话，等等。然
后你要请"他"将完成的初稿或者其中的某些部分通读一
遍。在"他"的帮助下修改初稿以达到最佳效果。不过在写
作的过程中，假若总是有一个苛刻的、警觉的、吹毛求疵的

理性伙伴出现在你的脑海里，则是一件令人倍感困扰的事。

对自己的才能产生了怀疑、害羞、沉默等情绪，令自己备受折磨，如同一块幕布掉下来将最好的故事构思遮住，原因都是你在写作上升的状态中询问了"他"的意见。最初，很难阻止逐字逐句的裁断，不过一旦完成故事，那个理性伙伴就会心满意足地离开。

◈ 傲慢的才智

一本正经、生搬硬套地学习写作技巧，是一种危险的、极为傲慢的才智。像我们之前所说的，觉得这是学习写作中更为重要的一部分的错误观点已经得到了证实。其作用确实必不可少，但是应该排在第二位。

应该在专心写作之前或之后学习和理解写作技巧。你会

发现，假若你不能在这一阶段驾驭自己的才智，"他"就会
不断地将虚假的解决方案提供给你，削弱你的创作冲动，使
人物"文学化"（往往把人物刻画成特定类型而且不自然），
或者觉得一开始在你的意识中灵光闪现、十分有趣的故事其
实是老生常谈或不合情理的。

◈ 双重人格不冲突

但是此刻我在冒险，好像使得写作人格的两个部分相互
冲突了起来。事实正好相反。当一个找到了适合自己的位
置，另一个正在发挥自己的功能，它们就会相互作用，彼此
交织，不断激励、强化、安慰对方，这样的结果就会使那个
合为一体的性格，即最终的人格，更加稳重、平衡、充满生
机、思想深刻。

确切地说，这个艺术家在"他们"相互冲突时绝对是不

幸的——他在工作中会遇到许多干扰，或需要持续与他清醒的判断力抗争，或者他根本就不能写作，这一点是最可悲的。而那些已经对自身性格中的不同属性有明确认识，但是可以在不同的情形下与不同的人格友好相处、生活、工作，并不断取得进步的作家才是最令人羡慕的。

◈ 第一个练习

这本书里的练习很多。第一个练习的目的是向你说明，很容易就能做到客观地看待自己。现在我们一起来做这个练习。

请你靠近一扇门。当你看完这一章的时候，把书放在一旁，站起来，从那扇门中穿过。从你站在门槛上的瞬间开始，以自己为观察对象。你站在那里看起来如何？你走路的姿势是什么样的？假若你毫不了解自己，那么此时此刻，你对自己的背景、性格和意图了解了多少？假若房间里有人，你必须过去和他们打招呼，你会怎样说？你对待他们的态度会发生怎样的改变？假若你更喜欢或者更了解其中的一个人，你会表现出来吗？

　　这个练习背后不存在高深莫测、不可告人的目的。这只是一个初级练习，目的是训练你学会从客观角度看待自己。当你从中有所得后，就应该将它放弃，不再使用。再找一个时间，尽量保持镇静——什么手势都不要做——告诉自己是怎样梳理头发的。（你会发现这没有你想象的那么简单。）再次对自己做的某一件日常小事进行描述。再然后，想一件发生在前天的小事：看看自己是怎么开始做这件事的，又是怎么从中脱身的，就仿佛自己是在看一个不认识的人。

　　再另找一个时间，想想假若你能跟随自己一整天，你看上去会是什么样子。**用写小说的眼睛对自己进行观察**，看看你是怎样在房间里进进出出的，来到街上，走进商店，在太阳落山后又回到家中，这一天你的表现怎么样。

chapter 4

插曲：
关于听从建议

出于功利的目的，我们一般急于形成一个新习惯或改掉一个旧习惯，然而这样一来很可能会欲速则不达。不管你在这本书中的什么地方看到了一条建议，我劝你都不要挺直脊背，握紧拳头，咬紧牙关，抱着不成功便成仁的态度立刻投身实验。采纳和实施任何建议的前提都应是你发自内心的意愿。

◈ **节省精力**

根据以往的经验，我们为了完成一件小事，一般会投入比实际需要多两倍的精力。不管是最简单的事还是最复杂的事，不管是体力方面的事还是脑力方面的事，无一例外。

假若我们爬楼梯，我们会将全身的每一块肌肉和每一个器官都调动起来，辛苦地向上攀登，就如同最高的那个台阶上寄托着我们灵魂被拯救的希望一样。结果通常是我们由于没有得到相应的回报而心生怨恨。或者为了做些漫无目的的事情而投入比实际需要多得多的精力。

这样的经历每个人都有：用远大于实际需要的力气去推一扇看上去关得很紧的门，结果却被自己力气产生的惯性推倒，摔倒在屋子里。或者我们都搬动过看上去很重、其实非常轻的东西。假若你遇到了这种情况，要想恢复平衡，一定要记得后退一小步。

◆ 改变习惯时，想象力与意志力的对决

带着一些孩子气的想法，我们在脑力劳动中误入歧途的概率可能更高。**值得赞美的做法是，经常练习"让意志力慢**

下来，停下来"。不过在改变习惯方面，假若你不是一开始就虚张声势，而是把想象力投入过程当中，你会发现自己能够更快得到结果，并且很少会出现"反复"的情况。

这样说并不是让你放弃意志。在一定的时间段和情况下，要想取得成效只能依靠全部的意志力加以控制。不过在我们的生活中，想象力的作用比我们习惯上承认的还要大得多。每一个老师都会告诉你，假若要引导一个孩子做出改变，想象力发挥的作用是多么巨大。

◈ 替代旧习惯

假若强大而充满嫉妒的旧习惯受到要做出改变的警告，它们是不会束手就擒、轻而易举地被取代的。为了自己的存在，它们会进行巧妙的、有说服力的反抗。假若它们遭遇了极端攻击，它们就会进行报复；经过一两天十分高尚善良的努力，你会发现许许多多的原因和借口：新办法不适合你，你应该为适应这个或那个旧习惯而做出改变，或者干脆放弃尝试。

结果就是，你从新建议中什么都没得到。不过你差不多相信，尽管最终宣告失败，但是你已经做出了适当努力。你的错误是：在尚未看到新计划是否合适你之前，你已经挥霍了良好的愿望，并将精力耗尽了。

以下实验很简单但非常令人震撼。你能做到的，它也能教会你——与从长篇大论的劝诫和讲解中学到的东西相比，将想法付诸实施更实用。方法如下：

◈ 示例

在一张纸上，用任何能够帮助你画圆圈的东西，如玻璃杯的底部，画一个圆圈；然后在圆圈中间画一个向外延伸穿过圆圈的十字。找一条四寸长的线，在上面系一枚戒指或一把钥匙。

将线的一端提起来，让戒指在十字的交叉点上像钟摆一样悬着，与纸大约相距一寸。现在不要去想戒指和绳子，将注意力集中在圆圈周围，让眼睛顺着圆周看。

没多久这个小钟摆就开始朝着你选择的方向晃动了。最初晃动的圆圈很小，不过会不断变大。然后请你在意念中反转方向，让眼睛顺着相反的方向看圆周……现在开始想那条绳子在上下晃动；完成后，把意念转到水平方向。每次那条绳子都会停顿一会儿，接着便会按照你想的方向晃动。

假若你以前并未做过这个实验，可能会认为实验结果有点不同寻常。实则不然，这只是在用简单便捷的方式对想象力在主导行动方面所起的重要作用加以说明。替你承担这一任务的是数量众多的细微而意识不到的肌肉。你知道，在这种事中意志力几乎没有起到什么作用。法国有个心理学家说，这是一种在微观上观察手术中的"信念疗法"的方式。这至少应该说明了，不需要调动每一根神经和肌肉，你就能在日常生活中做出改变。

◈ 正确的思维方式

在做这本书中的练习时，你要让自己处于轻松愉快的状态，让你的思想彻底放飞。用几分钟时间做一做上面推荐的这个练习。练习上述方法几次之后，你就会发现，这种练习的变化是无穷尽的。

想想看，为了让你的生活丰富有效，所有的小小的不方便以及习惯都发生了改变。暂时把那些你难以释怀的困难忘记或忽略吧；在你进行训练时，不要去想可能遇到的失败。在目前这一时期，你还不能对自己的事业做出正确的评估。**在你取得某些成就之后，你才会对那些目前觉得困难或无法**

做到的事产生更加符合实际的看法。

今后你每隔一段时间就要给自己列一个详细的清单，看看对你而言哪些事是容易做到的，哪些事是很难做到或做得不够周到的。然后你再考虑采取什么措施对这些过失进行纠正。到那时你就不用垂头丧气或冒险蛮干，而是可以按照使自己受益的方式做事了。

chapter 5

约束潜意识

无字的白日梦 / 朝不费劲的写作努力 / 使你的 "产量" 翻倍

你必须教导潜意识在流动时以写作的需要为准。我们这么轻率地说要"教"潜意识怎么做会得到心理学家的谅解的。对于一切意图和目的来说都是如此。如果用不加修饰但更加准确的说法进行表述，**即成为作家首先要做的就是约束你的潜意识，让它服务于你的写作。**

◈ 无字的白日梦

绝大多数沉迷于小说创作的人都爱做白日梦，或者从孩提时代起就喜欢做白日梦。不管在什么时候，他们在某种程度上都能沉迷于白日梦。一天又一天，这种想入非非有时会再造生活，使其贴近你心目中的愿望：对谈话或争论进行重新构建，以至于我们想象出各种会飞的颜色，还有在我们周围闪烁着的警句短诗，就像星光一样；或者想象我们回到一个更加简单和幸福的时代；或者历险即将开始，我们已经下定决心，跃跃欲试。

我们在所有那些梦想里就是主角。**这些天真的、令人满足的梦想就是小说写作的第一物质基础，即小说创作的素材。**

等我们有了一点经验、一点阅历，就会明白在现实生活中，我们要想享受到那种荣耀就必须进行斗争；为了做主角，往往充满了竞争。所以，我们在懂得了谨慎和狡诈之后，会把事情描写得略微有些不同；我们用第三人称来写那个给了我们这么多快乐的、理想的自己，并将其客观化。

像我们一样的人数不胜数，他们秘密地参与到这些白日梦中，在我们虚构的人物中看到自己，只是由于他们过于疲愈或被解除了魔力，他们没有将书中经过巧妙伪装的自己认出来，因而，他们乐于捧书阅读。（感谢上苍，这并非人们读书的唯一理由；但毋庸置疑，这是最常见的理由。）

勃朗特姐妹［夏洛蒂·勃朗特（1816—1855）、艾米莉·勃朗特（1818—1848）、安妮·勃朗特（1820—1849）三姐妹是英国文学史上著名的作家。她们出生于英国北部约克郡荒凉山区一个贫苦的牧师家庭，三姐妹年少时便以读写为乐，面对现实生活的残酷与不幸，他们便用自己创造的想象世界加以调和。开始时她们用笔名合作出版了一部诗集，后来纷纷在小说创作上展示了卓越的才华。1847年，夏洛蒂的杰出作品《简·爱》问世，之后艾米莉的《呼啸山庄》和安妮的《艾格尼斯·格雷》也陆续出版，这也成了英国文学史上的一段佳话。］，年少时的奥尔柯特［露意莎·梅·奥尔柯特（1832—1888），美国小说家，从小喜欢文学，并于16岁写出第一本小说。她最著名、最成功的作品是《小妇人》。这本书问世100多年以来，被译成多种文字，并多次被搬上银幕，成为世界文学宝库中的经典佳作。］，青年时的罗伯特·勃朗宁（罗伯特·勃朗宁（1812—1889），英国剧作家、诗人，代表作品有《戏剧抒情诗》《环与书》等。勃朗宁对"戏剧独白"这一独特的诗歌形式进行了发展和完善，以生动、形象的人物刻画而闻名，深刻复杂地将人的内在心理展示了出来，对英美现代诗歌产生了巨大影响。其中最著名的一首就是《我的前公爵夫人》。]，以及H.G.威尔斯［H.G.威尔斯（1866—1946），英国著名小说家。他的小说创作主要有三种类型，即科幻小说、社会讽刺小说和阐述思想的小说。他一生中共创作了100多部作品，内容涵盖科学、历史、文学、社会、政治等各个领域，尤以科幻小说创作见长。著名代表作品有《时间机器》《莫洛博士岛》《隐身人》《星际战争》和《最先登上月球的人》等。]都曾在各自的白日梦中沉迷，直到成年之后将各自的白日梦幻化成了文学的形式。

还有数不清的作者年少时都有过类似的经历。但是往往，更多的难以计数的人根本没有成为作家。他们太谦虚、太害羞，或者太习惯于被动懒散地做白日梦了。无论怎么说，一般的情况是：我们早在费尽心力发表文字之前，就已经通过白日梦的形式讲故事了。而要想将故事写出来，还少不了枯燥乏味的劳役，怪不得敏捷的潜意识会对此畏缩不前。

◈ 朝轻松的写作努力

　　写作需要用平时不会用到的肌肉，也需要承受静寂和孤独。就如同我们经常听到的那样，假若你想写小说，可以从练习新闻写作开始。你在新闻记者的生涯中确实能学会每个作家都需要学习的两点——一是写很长时期而不会疲惫不堪；二是假若一个人能够将第一波疲惫克服，他就能够发现精力无穷的源泉，也就是说，达到了著名的"第二次高峰"。

　　与过去用鹅毛笔和钢笔写作相比，作者用打字设备写作要冷酷、困难、生硬得多。不管机器带来的方便有多大，毋庸置疑，在打字中需要肌肉劳动；所有作者都会告诉你，长时间写作之后会感到胳膊僵硬、疼痛。另外，敲击键盘的声音肯定会分散你的注意力，而看着一个又一个字母键像表演舞蹈一样跳动也会让人觉得紧张。不过也可以轮换使用手写和打字，这样你就不会因为肌肉紧张而减慢写作速度或无法写作下去了。

所以，假若你准备对丰富的潜意识加以充分利用，你必须在它异常活跃时学会轻松而流畅地写作。

对此最好的方法是：与你平时的起床时间相比，早起半小时或一个小时。尽量早起——不要读报纸，不要说话，不要看你前一天晚上放在身旁的书——马上开始写作。想到什么就写什么：前天的活动；或真或假的谈话；对意识的检查；假若你还能记得的话，也可以写昨夜的梦。快速而不加评判地写下清晨的记忆。你写得好不好、有没有用都不重要。其实，你在这种素材中的发现，价值远大于你的预期。不过现在写出不朽的文字并不是你的基本目的，你要做的是写下任何文字，只要并非一派胡言就行。

再说一次，做这件事时要在半睡半醒和彻底清醒之间，对自己纯粹写作的能力进行锻炼。哪怕你写下了乱七八糟的段落，你的思想不切实际或模糊不清，你的念头混沌难解，对这种练习的成功也没有任何妨碍。忘记有人会批评你。因为除非你愿意让它示人，否则谁都无法看到你现在写的东西。假若可以，你就坐在床上将想到的内容写在笔记本里。假若你可以在这个时间段打字写作，那就更好了。只要你有时间，就尽量多写，或者一直写到你再也没有力气。

第二天早上继续写作，不要重读你已经写出来的文字。记住：**写作之前一定不要进行任何阅读。**以后你会清楚这一规定的目的，现在你只要做这样的练习就可以了。

◈ 使你的"产量"翻倍

过了一两天，你会发现你能够轻而易举地写到一定的字数。当你对那个字数有所了解以后，就要开始多写几个句子，然后慢慢发展到多写一两段。再过些日子，在你停止早上的写作之前，想办法增加到多写一倍。

你会发现这种练习在很短的时间内就会开始产生效果。

真正的写作似乎不再枯燥乏味了。你会开始意识到，与从你脑子里没有文字的想入非非中得到的收获相比，从写下来的文字中得到的收获要大得多。当你睡醒，几乎凭借冲动就能抓起铅笔开始写作的时候，你已经做好进行下一步练习的准备了。将你写的素材保存好——锁起来，保管好钥匙，假若唯有如此才能让你不会觉得不好意思的话。将来这些素材会有你此时预料不到的用处。

在你进行下一章的练习时，你可以重复这个练习，写到仿佛轻轻松松就能写出来的字数限度。（不过你应该可以写出比你开始时更多的字数。）要注意：假若某个时候你发现自己的想象力不够活跃或开始退化了，那就表示你应该向自己施压了。在你的整个写作生涯中，不管什么时候，一旦你面临才思枯竭的危险（哪怕才思最敏捷的作家也时不时会面临这样的危险），记住在你床边的桌子上放上铅笔和纸张，早上醒来就开始写作。

chapter 6

按 时 写 作

开始写作／你的承诺与荣誉有关／在你选定的任何时间开始写作／不成功，就放弃

当你践行上一章的建议时，你就会发现自己比往常更像一个地道的作家。你会觉得，你现在想要把粗糙的日常素材变成小说的形式，想要把当天的经历用文字写出来，想提前看到你怎样描写一段生活插曲或一则趣闻，而以前你只将写作视为偶尔为之、断断续续的事情，也没有固定的写作时间；或者仅在你认为自己对一个故事有了十足的把握时才动笔。现在这样做更有连续性。

当你达到这种境界时，你就做好了下一步学习的准备，即让自己在某个特定时间段内写作。对此，最好的做法是：

◈ 开始写作

你穿好衣服之后一个人稍稍坐一会儿，想想这一天的日程安排。一般来说，你会十分准确地知道你要做什么，或许会做什么；至少你可以想到几个大致的时间段是你能够自由支配的。这需要的时间不长，十五分钟就可以了。假若你真的特别想要的话，几乎每一个上班族都能在忙碌的一天中挤出十五分钟。因为你打算用这段时间来写作，所以你自己决定这段时间。比如说，假若你的工作能够在下午三点半结束，那么你就可以毫无顾虑地自由支配四点到四点十五分这段时间。

因此，你要在四点钟开始写作，无论发生何事，你都要坚持写十五分钟。当你下定决心要做这件事时，你想做什么就做什么，或者该怎么做就怎么做。

◈ 你的承诺与荣誉有关

下面这一点最为重要，即使再怎么强调也不过分：既然你已经决定四点开始写作，那么时间一到你就必须写作！什么借口都别找。假若到了四点，你发现自己还在和别人说话，你必须信守承诺，马上脱身。你的承诺与荣誉有关，必须一丝不苟地履行。你已经做出了承诺，那就坚决不能退缩。假若你必须在四点从朋友的头顶上爬过去，那也要义无反顾；下次你就会发现自己已经付出了努力，不会再陷入相同的困境。假若你想要独处只能躲到洗衣房里，那么就去洗衣房，倚着墙开始写作。

就像你在早上练习写作那样——想写什么就写什么。无论内容是否有意思，无论是无韵诗还是押韵的打油诗；写写你对老师、秘书或上司的看法；写一个对话片段或故事大纲，或者写一个你近期留心观察的人。无论写得多么马虎潦草、缺乏连贯性，都要坚持写下去。

假如你必须去写，你就能写出文字。"我发现这个练习非常困难"，那么把你认为导致这种困难的理由写出来。一天天地改变抱怨，直到你再也感觉不到困难。

◇ 在你选定的任何时间开始写作

你要一天天地这么做，但是每次你挑选的时间要有所不同。试试在上午十一点或者午饭前后的时间写作。再换一个时间，比如在你下午要动身回家前的十五分钟开始写作，或者在晚饭开始前的十五分钟进行写作。重要的是，你一定要在你选定的那个时间开始写作，你要清楚，到了那一刻，不要找任何借口影响写作。

当你只是读到这个建议时，你可能无法彻底明白为什么要如此强调的原因。当你真正开始练习时，你就会懂了。比起前几章的练习，你内心深处在这样的时刻更有可能出现对写作的抗拒。在潜意识看来"例行公事"又要开始了，它不喜欢这些规矩，直到这些规矩被彻底打破；它对于例行公事十分懒惰且很难改变这样的习惯，总是想找能使自己感到满足的最容易的办法。它喜欢随心所欲，顺其自然。

你会发现在你面前司空见惯似的呈现出一系列最明显的障碍：可以肯定的是，在四点零五分到四点二十分开始写作也没问题吧？假若你将一件正在进行的事中断，你肯定会产生置疑，那么，为什么不等完成那件事之后，再另外找十五分钟开始写作呢？

早上醒来时，你无法预见到白天的工作会让你忙得分身乏术，那么，在忙得分身乏术的情况下你还能那样做吗？诸如此类，你必须要学会不去理睬狡猾的潜意识提出的种种理由。假如你坚持不懈地、坚定不移地对误导加以拒绝，那么你一定会有所收获——潜意识会突然屈服，让你能够优雅而流畅地进行写作。

◈ 不成功，就放弃

在此，我要向你发出本书中最为严肃的警告：假若你总是无法完成这个练习，就放弃写作吧。你对写作的愿望其实抵不过你对写作的抗拒，早晚你都会找到别的途径来释放你的精力。

应该将这两个奇怪而专横的练习——早上写作和在选定的任何时间进行写作——一直坚持下去，直到你可以自然而然地写出流畅的文字。

chapter 7

初次检查

以批评的眼光阅读自己的作品／模仿的陷阱／发现你的力量／给老师的一个提醒

当你养成这两个习惯——早上写作和在选定的任何时间进行写作——你已经踏上了成为作家的漫长道路。一方面，你的文笔变得流畅了；另一方面，尽管这只是初级阶段，但你学会了控制时间。

比起你刚开始做这些练习的时候，你对自己的了解也增多了。其一，你知道学习连续的写作是否简单，或者提前选定写作时间会不会更加自然。可能你有生以来第一次发现，假若你想写作，你就可以写作；假若你急切地想找时间写作，生活其实根本不会让你忙到连那么点时间都挤不出来。

其二，你应该开始明白，其实那些能够写出一本本书的作家没有那么神奇，在别人的书中读到的取之不尽的写作源泉，你自己也能够找到了。曾经让你感到疲惫的写作中的体力劳动应该已经开始变成一种简单的活动。与以前相比，你对作家生活的认识也许更加生动具体，也更加接近真相——这本身就前进了一大步。

现在应该再次对你自己和你的具体困难进行客观审视了。假若能够做好这些练习，你应该就有足够的素材进行初次检查了。

◆ 以批评的眼光阅读自己的作品

在此之前，你最好能够抵挡住重读自己作品的诱惑。当你正在学习抓住一切时间和地点写作，正在训练自己的写作技巧，你对自己的写作挑剔得越少越好——哪怕是粗略地检查一遍也最好少看为妙。在此阶段你的写作是陈词滥调还是精美绝伦都无所谓。

现在回过头来，心平气和地认真检查，看看发现了什么。你会觉得之前的那些写作对你启发很大。

◆ 模仿的陷阱

你应该记得，我们在前面讲到的一个条件是，早上开始写作之前你不应该进行任何阅读；假若可能，在你完成写作之前最好也不要说话。原因就在这里。

我们在被文字重重包围的世界里生活着。假若缺乏长期的经验，我们很难看清自己的写作格调，以及哪些主题和素材对我们具有真正的吸引力。**一般来说，那些足够敏感、热切地想要成为作家的人都十分容易受到影响。**

不管有没有意识到，他们都可能受到模仿成名作家的诱惑。这里指的成名作家可能是真正的写作大师，也可能只是享誉一时的某个人（这种情况更多）。

　　教过小说创作的人或许都经常听到学生这样说"哎呀！我刚才想到的故事就像是最经典的福克纳［威廉·福克纳（1897—1962），美国小说家，南方文学的代表人物，于1949年获得诺贝尔文学奖。福克纳一生中共创作了19部长篇小说与近百篇短篇小说，其代表作有《喧哗与骚动》《去吧，摩西》《我弥留之际》《八月之光》《押沙龙，押沙龙！》《献给艾米丽小姐的玫瑰》等。他的大多数作品的发生地都是他虚构出来的美国南方的约克纳帕塔法县，因此，这些小说被称为约克纳帕塔法世系。福克纳善于熟练运用时空跳跃、多重叙事结构等现代小说技巧，他创造的这些技巧极大地丰富了小说创作手段。他的作品不仅深刻地反映了社会现实，而且具有强烈的现代意识。］故事！"或者"我觉得我经常能像弗吉尼亚·伍尔芙［弗吉尼亚·伍尔芙（1882—1941），英国批评家、小说家，女性主义与现代主义的奠基人之一。她的小说代表作有《雅各的房间》《到灯塔去》《海浪》《达洛维夫人》《岁月》等。此外，《现代小说》《普通读者》《自己的房间》等是她的文学批评名篇。她从叙述角度、时间安排和结构布局等方面对现代小说形式进行了大胆探索，对深刻描写人们心底的意识流动做出了积极贡献。她的文学成就和创新对现代文学影响巨大。] 一样写作"之类更加雄心勃勃的话。

　　假若老师直言不讳地说她更想看到学生写出自己的好故事，就会引起学生义愤填膺的争辩，或被指责为过于一本正经。

　　因为不断地追求模仿，不仅模仿写作风格，就连目前著名作家的叙事形式和主题思想也加以模仿，向初学写作的人极力推崇、反复灌输这种方法，以至于他们真的相信：自己将通过模仿成为富于创造力的一流作家。那些他们模仿的榜样，自从他们带着强烈的个人天赋特征开始写作以来，按照各自的品位，不断对他们的风格和"模式"进行调整、改变。那些被不断抛在后面的可怜的孜孜不倦的模仿者，只能模仿过时的作品。

◈ 发现你的力量

尽早发现自己的品位和优点是避开模仿诱惑的最好办法。对你来说，你在培养写作习惯时写下的成摞的纸张是积累素材的无价之宝。总体而言，当你想好了要写一件事时，你写下的是什么？现在就如同你拿到了一个陌生人的作品一样，开始认真阅读吧，要从里面找到这个孤零零的作家可能拥有的品位和天赋。不要对自己的作品有任何先入为主的印象。尽量把你过去所有的抱负、希望或恐惧统统忘记，想想假若这个陌生人向你咨询意见，你能发现的、最适合他的是什么领域。

反复出现在这些习作中的想法以及其中经常使用的叙事形式能够给你提供线索。它们会显示出哪里表现了你独有的天赋，最终决定最适合你的专攻方向。一般来说，你只能写出一种类型的作品，而不能在所有方面取得成功；不过这种检验能够显示出你最容易写出来的风格和最丰富的源泉。

　　按照我的经验，那些对前天的经历进行理想化描写，或者写晚上做过的梦，或者在早上的练习中写出一篇尖锐的对话或一则完整的逸闻趣事的学生，很有成为短篇小说作家的潜质。那些善于对一定类型的人物进行描写，篇幅不长且具备非常普遍（或者甚至是十分明显）的特征的学生，同样有成为短篇小说作家的发展趋势。

　　那些考虑行动的动机，对人物分析透彻，自我审视（与自己的行动理想对比鲜明）敏锐，塑造各种人物在面临相同困境时的冲突的学生，很有可能会成为长篇小说家。而喜欢沉思冥想或对一件事反思自问的学生，通常有成为散文家的苗头。至于增加一些戏剧冲突的元素，通过人物将不同的思想展现出来，把一个抽象的想法拟人化的写作方式，通常都会出现在擅长心理描写的小说家的文中。

　　当教学指导进行到这里，我教的班上往往会爆发出一个相互激励的写作高潮。他们现在觉得几乎毫不费力就能在写作中看到潜质和可能性。学生经常会将简单地给作品分门归类看成是消遣，在"工作"时间他们会去推敲更困难的问题。这些随兴所至的写作手稿往往十分有趣，稍加修改就能成为让人满意的作品。它们有点东拉西扯、布局凌乱，又有一种清新自然的笔调，令人印象深刻。

到了此刻，你会发现，你的作品已经不是那么不完整，也不再缺乏稳定性了；**你正在寻找自己的风格，开辟自己的道路，也正在探索你不会感到乏味的主题。**

◆ 给老师的一个提醒

在这里我应该增加一个注脚，提醒其他老师，而不是提醒那些学习写作的学生。我觉得，在班上挨个拿着学生的作品让其他的同学来批评的做法是完全错误的，而且非常有害。这种在公开场合阅读学生手稿的方式，不会因为没有指名道姓就变得无害。

　　这种折磨很难被平静地接受，因为它太考验人了。不管这种批评是不是善意的，只要是接受批评的作家就会十分敏感，就可能会因此悲惨地放弃自己的风格。初学者评判自己的同学时，很少给出善意的批评。尽管他们尚未写出完美的作品，但他们似乎需要展示，自己能够挑出一个故事中所有的毛病，然后他们就会毫不留情地开始进行猛烈的抨击。等到学生的自信心已经足够强大，主动要求小组对其作品进行批评时，老师应该抱以信任的态度。

　　每个人的成长速度都不同，假若不是由于害羞和尴尬而退步，人们都会稳步前进。我建议采取一种不近人情的沉默态度来对待学生的作品，至少对待还处于写作中的作品时应该这样。我曾经有好几个星期不收学生的作业——即便是班上最好的学生。这段沉默期要结束的时候，也只有一个学生交了三四页作业。不管我有没有看到日常写作的素材，我都不留任何作业，只规定每个学生完成布置给他们的练习。

chapter 8

对自己的作品
进行批评

两个自我间的对话／提出具体建议／批评之后的修改／优秀作品的条件／规范日常行为

现在，你对自己成为作家已经有了一个初步的想法，不过因为你的过分自信或谦卑，这个想法还十分肤浅，但是以后会有所改变的。至少目前它与你最终要从事的职业方向一致，值得继续为之奋斗。哪怕是在这种未完成的状态下你也会知道，你可以做一些确定的事情，这些事可以给你提供写作的机会，改善你的写作质量，或激励你自然而然地从事写作。

现在应该把你没有想象力的自我唤醒过来，让"他"来服务和回报你。（其实，"他"已经被唤醒了，而且还在阅读你写的那些素材，然后从中发现你表现出来的品位，不过那种回报只是初步的。）一旦你把这些丰富的素材交给"他"，"他"就能服务于你，且"他"能做的事不止上百种。但是假若过早地唤醒"他"，那么"他"给你的帮助就远不如给你的打击大。

审视这些日积月累的素材和笔记时，你要用日常的眼光和平时的想法。你已经通过上一章推荐的那种粗略的检验方法，发现了自己作品中存在的明确的写作倾向。现在，应该对你写过的东西进行更具体、更详细的审视。在你对自己的潜意识加以训练，使其不论何时何地只要有时间写作就能发挥作用的时候，你日常的自我已经给潜意识让位了；现在你会发现，你日常的自我又开始发挥作用，对你的成败进行评估，并且准备给你提出建议了。

◆ 两个自我间的对话

下面几段话十分天真，而且带有明显的双重性，比你以前和自己的任何对话都令人吃惊，不过现在你天性中的两面应该进行这样的对话：

"你知道吗？我觉得你的对话写得很好；很明显，你的听觉十分敏锐。不过在你整篇的描写中有些部分写得不太好。装腔作势，夸夸其谈。"

此刻，被批评的一方或许会暗自嘀咕，例如自己喜欢写对话，但是在缺少引号保护而进行描写的时候就会感觉有点蠢。

"的确，你喜欢写对话是因为你写得好"，你必须回敬，"但是你难道不明白，假若你整篇作品的描写不够顺畅，过渡不够自然，你的故事就会显得时好时坏吗？我对你的警告是，你最好下定决心，究竟是写小说，还是专攻戏剧创作。不管选哪条路，你都要付出很多努力。"

"你说应该怎么选呢？你知道的不是和我一样多吗？"

"那好，总体来看，写小说吧。你还没有表现出对戏剧冲突和场景效果，或者对表现视觉高潮有多大的兴趣。你展示人物太慢了，而且大多数时候都使用对话。假若你的时间和纸张用之不尽，你会只用对话来表达你的主题，这一点是毋庸置疑的。但是，你看，你不得不考虑空间和效果问题。

你不得不采取一些平铺直叙的方式。"

"总的来说，我觉得我们最好从你的薄弱环节入手。爱德华·摩根·福斯特 [爱德华·摩根·福斯特（1879—1970），英国著名作家。其代表作主要有长篇小说《天使不敢涉足的地方》《最漫长的旅程》《看得见风景的房间》《霍华德庄园》和《印度之行》等，他还著有短篇小说集《天国驿车》和《永恒的时刻》等。他应邀在剑桥大学就小说创作的理论问题所做的一系列演讲被收录在《小说面面观》中，里面不仅有他对小说创作的理论分析，还有来自他的创作实践的经验总结。] 每一个方面都做得非常好。你也许读过他的作品。同时，你要用心体会这段摘自伊迪丝·华顿 [伊迪丝·华顿（1862—1937），美国女作家。她一共出版过11本短篇小说集，写过19部中长篇小说，还有大量的非虚构类作品。其代表作主要有中篇小说集《老纽约》，长篇小说《欢乐之家》《纯真年代》《月亮的隐现》，以及《小说创作》和自传《回顾》等论述小说功能与写作方法的作品。对美国上流社会的风俗，即19世纪40年代到70年代的纽约旧事进行描写是伊迪丝·华顿的小说最擅长的地方。她观察敏锐，文笔优美，又将微妙的讽刺穿插在抒情中，因而形成她独特的文风。] 的《小说创作》中的文字：

'小说中使用对话似乎是几个确定的规则中的一个，而且应该在故事最高潮的时候使用对话，就如同叙述的惊涛骇浪冲破了堤岸，涌向岸边的观潮者。即使这种波涛的升高和荡漾以及浪潮的喷涌，在一页纸上只表现为被分割成简洁明快、长短不一的段落，却能有助于加强这种平铺直叙和故事高潮之间的对比。这种对比使段落的时间感增强了，作家为了创作这个段落不得不依赖他的叙事能力。因此，使用对话的目的不只是强调故事的冲突和高潮，还能从总体上加强故事持续发展的更大效果。'"

"或者可以从评价问题较小的语言风格入手，进而感受这种告诫的方式。你要这样对自己说：顺便说一句，你有没有意识到你对'多彩的'这个词用得有点过多了？每当你急着找一个精确的词而又怎么也找不到的时候，你就会用'多彩的'，它都快被你用烂了。这个习惯也太马虎了。第一，这个词的意思不够精确，无法达到你想要表达的效果。第二，目前全国的广告都在用这个词，你最好暂时不要用它了。"

◆ 提出具体建议

尽管你的对话或许不会这么直截了当，不过依然建议你直接对这些问题进行讨论，而且提出的修改意见要尽量具体。这样一来，你更容易把那些地方记住，而且还可以对你的不满意进行强化，以至于你不得不采取措施把那些随意的习惯一一改正。不然就干脆承认你对待你选定的这个职业不够认真。

明白无误地把可以找到的错误标出来。**假若你怀疑由于某种原因你自己看不出其中的某些错误，就把你的作品拿给你对他的良好品格和判断力十分相信的人看。**你往往会发现，一个不会对文学知识装腔作势的人在认真阅读之后，能够将你风格上的毛病准确地指出来，就像老师、作家或编辑一样。

不过只有在你自己已经竭尽所能对作品进行了修改之后，才能把它拿到外面听取别人的意见。从长远来看，让你跨过那些陷阱的正是你自己的品位和判断力。你学会驾驭自己的写作特点的时间越早，你的前景就越好。

◈ 批评之后的修改

将你存疑的所有地方一一标明。你是不是用了很多简短的祈使句？或者很多感叹句？你的用词是简约精确的，还是夸大花哨的？你的文笔是否过于平淡无奇，以至于你在描写一个情感场景的时候总是一笔带过，而使读者无法领会你想要表达的意思？你是不是太过沉迷于渲染耸人听闻的凶杀场景而降低了可信度？**只要发现问题，就要迅速找出对策。**

假若作家总是觉得自己的文笔平淡无奇，就要强迫自己阅读史文朋［阿尔杰农·查尔斯·史文朋（1837—1909），英国维多利亚时代的著名诗人、文学评论家。］、卡莱尔［托马斯·卡莱尔（1795—1881），英国著名历史学家、散文家，其代表作为《法国革命》《论英雄、英雄崇拜和历史上的英雄业绩》《过去与现在》等。］，或者特点是激情四溢而非庄重得体的当代作家的作品。

反之，过于激情洋溢的作家则要阅读另一类作家的作品，比如读威廉·迪安·豪威尔斯［威廉·迪安·豪威尔斯（1837—1920），美国文学批评家、小说家，现实主义文学的杰出代表，也是美国文学艺术学会的第一任主席。他在一生中创作了近40部长篇小说，还创作了许多诗歌、游记、文学评论。他的代表作有《塞拉斯·拉帕姆的发迹》《从利他国来的旅客》《一个现代的例证》《新财富的危害》《透过针眼》等。]、薇拉·凯瑟［薇拉·凯瑟（1873—1947），美国女作家，以少时所熟悉的西部边疆生活为题材，创作出极具地方特色的作品。她的作品节奏舒缓，结构匀称，流畅自然，文字清新。她的代表作有《哦，拓荒者们！》《一个沉沦的妇女》《我的安东尼亚》《教授的住宅》等。]、艾格尼丝·雷普利尔［艾格尼丝·雷普利尔（1855—1950），美国散文家，代表作有《书籍与人》《追求笑声》《观点》等。]等美国作家的作品，或者一些18世纪的英国作家的作品。

假若你句子啰唆、文笔枯燥、缺乏想象，可以学习一下G.K.切斯特顿［G.K.切斯特顿（1874—1936），英国著名作家。他博学多才，想象奇伟，风格瑰丽，运笔讥诮，创作领域广泛且多产，代表作有长篇小说《诺廷山上的拿破仑》《星期四的男人》，诗集《野骑士》，系列侦探小说《布朗神父》，政论文集《何谓正统》《被告》和《异教徒》等，文学评传《罗伯特·布朗宁》和《查尔斯·狄更斯》等。]的小说课程，也许会对你有所帮助。

可以有很多相关的推荐。不过你必须学会对自己的情况进行诊断，并能对症下药。当你发现对策之后，要虚心阅读，下决心把那些确实能够唤起你希望拥有的作家的优点一一找出来。当你开始对自己的写作风格进行锤炼时，不要有任何约束。一定要放下那些通常会吸引你的书。

◈ 优秀作品的条件

下一步，你要对自己进行训练：能否发现早上写的一篇好作品和前一天晚上的状况之间有什么联系。你能否说明是因为你度过了安静的一天或积极的一天才写出了这篇好作品，还是熬夜之后才写得如此流畅呢？你早上写作的好坏和前一天见到的朋友之间有没有必然联系呢？假若前一天晚上你去了戏院或参加了舞会或参观了画展，第二天醒来你的写作状况是怎样的？

注意这些事情，尽可能地安排好不同类型的活动，以确保你可以写出好作品。

◆ 规范日常行为

然后，要把注意力集中到你的日常行为上。

绝大部分作家都过着一种简单健康的日常生活，只是偶尔才放松娱乐一下，所以他们的著述十分丰富。这里你触及了枯燥乏味的生活意识的底线，因为你不得不对这些事情做出决定：适合你的饮食是什么，你必须放弃的食物又是什么。

假若你打算把写作当成一生的事业的话，支撑你做出选择的理由就是：你必须学会不连续使用刺激品来工作。所以要明白哪些东西是你能够经常用的，哪些习惯是你必须改掉的。短时间内进行冲刺式的大量工作并非养成良好习惯的方法。

　　要想养成良好的习惯，就要保持一个持续的、良好的、令人满意的状态，还可以向着一个伟大的目标不断地、稳步地前进。至少一年两次或每隔两三个月列一个完整的实际的日常行为清单，这将帮助你保持最佳状态，成为多产的作家。

　　在你进行这个诚实的、攸关成败的对决时，应该问问自己：情绪化的一面是不是在日常生活中出现得太多了？你有没有发现，在需要公正地进行观察时，在需要做出理性的公允的判断时，你是不是太刚愎自用、太情绪化了呢？在你感到嫉妒、生气或沮丧时，你能够克制自己吗？这些都是需要你冷静思考并加以克服的。

　　这些处于萌芽状态的迹象被消灭得越早，你的写作就会越好，因为嫉妒、生气和沮丧是你灵感之源的毒药。

　　当你发现这些问题时，要把它们完全清除干净。可以少做这种细致的自我分析，不过一定要把它们做好。**你既要对自己严格要求，也要学会善待自己**。对你来说，一味地指责和漫无原则地自夸都毫无益处。假若你特别擅长创作某种类型的作品，那就想方设法地弄清楚以鼓励自己。把自己写的佳作当作一个标准，同类的作品另说。

你会发现每当经过这种阶段之后，你对你自己、你的长处和你的弱点就会有更加清楚的认识。最初你可能会强调一些方面而忽视另一些方面，后来你会惊讶于自己竟然对同样重要的方面视而不见。不过你会学到怎样友好又带有批评性地看待自己的进步，应该怎样使自己一步步地接近目标。

再说一次：不要总是发牢骚、挑剔唠叨、提意见。当你认为某种行为习惯对你有益的时候，接受你提出的建议，给它约定时间，坚决执行；然后顺其自然、不加思考地生活，直到下一次需要进行彻底检查的时候。

chapter 9

像一个作家那样读书

读 两 遍 ／ 总 结 判 断 与 详 细 分 析 ／ 第 二 遍 阅 读 ／ 重 要 的 地 方

　　你已经对自己周期性的日常生活习惯进行了调整，接下来便是努力学会像作家一样读书，以便从正确的阅读中受益。凡是对成为作家感兴趣的人，每读完一本书，都会有自己的看法，而并非只把读书当成一种娱乐。然而如果想有效地阅读，就必须学会剖析一本书，因为这样可以帮助你提高写作水平。

　　大多数想成为作家的人都是书虫，书籍和图书馆让他们着迷。然而人们往往极度厌恶这样的阅读：阅读的唯一目的是分析一本书，或只为学习它的写作风格、结构，或者看作者怎样处理他遇到的问题。大多数人对于将他喜欢的作家放在显微镜下剖析的做法心怀抱怨，因为他们认为，自己以前读书不是为了批评而仅是为了欣赏，如果这样做，就再也不会为书着魔，为书痴迷了。

事实上，当你学会了批判式的阅读，你会发现，相比于只是欣赏式的阅读，这种阅读方法有着更大的乐趣；即使是一本糟糕的书，当你因为它读来让人觉得枯燥、呆板而去剖析它时，它也就变得可以忍受了。

◈ 读两遍

一开始你会发现，**像作家那样读书的唯一方法就是将所有东西都读两遍。**

在读需要研究的故事、文章或小说时，先快速地、不带评论地读一遍，就好像你对这本书没有要求而只是欣赏它一样。读完后，暂且将它放在一旁，然后拿起铅笔和记事本。

◈ 总结判断与详细分析

根据你刚刚读过的内容写一个简要的大纲，给一个总结性评价：你喜欢它，或不喜欢它；你相信它，或不相信它；你喜欢其中的某一部分，而对其余内容没有兴趣。（如果将来你喜欢，也可以用道德标准对它做个评判，但是现在你最好将自己的判断力限制在作者的意图上，只要能辨别就可以。）

接着扩大这些单调的问题。假如你喜欢，喜欢的原因是什么？即便你最初给出的答案并不明确，也不要气馁。因为那本书你还要读第二遍，你还有机会看看自己是否能找到原因。如果你认为这本书只有一部分写得好，其余部分相对较差，你能否看出这个作者哪里让你不满意：是人物雷同、描写得不好，还是偶尔出现了情节不连贯的情况呢？你知道自己有这种感觉的原因是什么吗？

有给你留下了突出印象的场景吗？是因为描写得很好，

还是因为一个机会被愚蠢地浪费了？不管怎样，将所有吸引你注意力的章节记住。对话是自然的，还是程式化的？是有目的的，还是暴露了作者的局限？

此时，你已经认识到自己的一些弱点。那么，对于这些你认为困难的情形，你正在阅读的这本书的作者是如何处理的呢？

◆ 第二遍阅读

假如这是一本好书，你的问题列表应该很长且有探索性，你的回答一定要尽量具体。假如这本书不是很好，先将它的弱点找出来，再放置一边，也就足够了。在完成了阅读大纲，并且尽可能地回答了自己提出的问题后，将那些你无法完全回答的问题，或者如果你进一步探索，就似乎能给你带来更多的启发的问题检查一遍。

　　然后阅读第二遍——从第一个词开始，慢慢地、透彻地。**要随时将那些逐渐清晰的答案记下来。**将那些你认为写得特别好的段落，特别是那些你难以处理的素材，作者却可以娴熟地运用的地方，标注出来。稍后，你可以回到这些地方，在进行更深入地分析之后，将它们作为参照加以学习。

　　你现在已经知道故事的结局了。请留意在书中较早的部分中能够提示故事发展的线索。引起主要情节冲突的人物特征第一次被提及是在哪里？对此的描写是自然流畅、复杂微妙，还是让人感觉生硬？阅读第二遍时，你是否发现了虚假的线索——这些线索并没有使这本书更加真实，或者歪曲了作者的意图。但是，这些内容添加了一个不必要的因素或者误导了读者，它们加进来有道理吗？将这样的段落和章节认真地读一遍，确保你没有漏掉作者的全部意思。

　　在你做出"作者犯了错误"的结论前，保证你的结论是正确的。

◈ 重要的地方

假如你带着批判的眼光认真地阅读，你将从中获得无穷的激励与帮助。要专心致志地阅读，留意书中情节的节奏。作者想要强调的时候，节奏是变快了还是变慢了？寻找一些作者的习惯用语和喜欢用的词，判断它们值不值得你用到你自己的写作练习中，或者它们极具作者的特色，你即便掌握了它们的结构也得不到回报。

他是怎样将众多的人物安排在不同的场景中的？时间的过渡是如何安排的？当他将注意力从一个人物身上转移到另一个人物身上时，用词是否有改变？是否加以强调？他采用的叙述视角是全知视角，还是将故事的讲述明显地局限于一个人物，让读者通过这个人物的视角来观察故事的发展，还是他先通过一个人物的视角讲述故事，再转到另一个人物的视角，然后转到第三个人物的视角？他是怎样进行反衬和对比的？

举例来说，他是不是让人物和环境产生了冲突——就像马克·吐温〔马克·吐温（1835—1910），美国现实主义文学的奠基人。主要作品有中短篇小说《竞选州长》《卡拉维拉斯县驰名的跳蛙》《百万英镑》和《败坏了哈德莱堡的人》等，长篇幽默作品《傻子出国记》和《艰苦岁月》，以及传世经典《汤姆·索亚历险记》《密西西比河上》与《哈克贝利·芬历险记》等。〕将康涅狄格州的一个美国佬送回了亚瑟王的时代。

该情节出自《亚瑟王朝中的康涅狄格州美国佬》，讲述的是一个生活在19世纪康涅狄格州的美国机械工人汉克·摩根，意外地来到了6世纪的英国，在那里经历的政治浮沉故事。

任何一个作家都会给自己提问题，并给出自己的答案和建议。这样读完几本书后——你必须读两遍，假如你想充分利用别人的作品的话——你会发现，你可以既为了欣赏也为了批评而读书。**在读第二遍时，只读作者写得最好或最差的那些章节。**

chapter 10

关 于 模 仿

模仿优秀的技巧 / 如何安排字数 / 对抗单调 / 挑选新鲜的词

接下来说说模仿练习。**当你在别人的作品中发现对自己的写作有用的素材时，模仿就是对你唯一有用的方式。**对于其他小说家的人生哲学、思想和戏剧观，不应该照搬。如果你发现你和他们志同道合，只要你做得到，就应该追溯那些作家的思想源头。

对这些来自源头的思想，你要认真研究，不要轻易在自己的作品中使用，即便你喜欢的作者在他的作品中使用后暂时取得了成功，或者另一个作者也可以有效地使用。但只有当它们得到了你的默许，或你已完全熟悉和接受了它们，并使其成为你自己的东西时，你才能将它们用到你的作品中。

◈ 模仿优秀的技巧

我们可以模仿优秀的技巧，并且这种模仿有很大的好处。如果你发现了这样一篇作品，它看起来比你能写出来的东西好很多，那就要坐下来仔细研究。

相比于从整体上对你引以为楷模的书或故事进行的研究，这种研究要更为仔细认真。要一字一句分开细读。假如可以，从你自己的作品中找一篇同样的作品作为对比。

例如，我们这么说吧，你遇到了一个棘手的问题——如何表达时间的推进，这个问题很多作家开始写作时都遇到过。你要么给故事中的人物安排了很多无足轻重或令人困惑的活动，让他从一个重要场景来到另一个场景，使得情节发展毫无目的；要么毫无理由地在两段描述之间突然将他放下，又无端地突然拿起来接着写。

你会发现，在你正在研读的这个和你想写的故事长度相当的故事中，作者能够自如地处理场景之间的转换，恰到好处而又不着一字地传达两个场景之间的时间推进。他是怎样做到的呢？他用了多少个字？认为靠数字数就能学到什么，这主意初一看确实荒唐，但是你马上就能认识到，一个好作家是具备这种恰到好处的本领的。他是一个艺术家，知道把自己创造的人物从一个场景切换到另一个场景中需要的空间。

◆ 如何安排字数

举例来说，写一篇五千字的短篇小说，你所模仿的作者在描写主人公生活中的不很重要的一天一夜时用了一百五十个字。而你呢？可能会用三个字，或用一句话这样写："第二天，康拉德这样那样。"

总而言之，这字数过于少了。或者尽管就故事本身来说，康拉德的早晨和夜晚的生活并不重要，尽管你已经将所有的空间都用在刻画主人公方面，一旦你开始了，你或许需要六百字或一千字来描写他一天中毫不相关的事情，只是因为你无法停下来不写他。（接下来我要说的是，"第二天，康拉德这样那样"有时恰恰是用来转换场景和强调用的。我们现在正在假设就你所写的故事来说这种过渡过于匆忙了。）

你模仿的那位作者是怎样运用你数过的那些字的？他在将故事平淡无奇地讲完之后，是否又插入了几段话来进行间接描写呢？他是否选用了一些表达动作的词，表明他的主人公虽然当时并未做什么能推进故事情节发展的事，但仍内心丰富呢？他埋下了怎样的线索以推进故事的发展，让他可以回到真正的行动中去呢？

如果你已经能用这样的方式尽可能多地有所发现，就自己写一段话，逐句模仿你的榜样。

◈ 对抗单调

你正在研读的作家的作品，句型结构千变万化，节奏韵律多姿多彩，让人读了愉快，你对此有深刻的印象。或许你觉得自己的写作无比单调，动词后是名词，副词后是动词，每一页都是僵化相似的句子。

为了使模仿惟妙惟肖，可以采用下面的学习方法：榜样的第一个句子有十二个字，你在写第一个句子时也用十二个字。他的开头用了两个词，紧接着第三个词是两个字的名词，第四个词是四个字的形容词，第五个词是三个字的形容词，等等。

你在写句子时，每个词的位置和字数要同这个作者在这一句话中用的一一对应，名词对名词，动词对动词，形容词对形容词，还要确保这些词和例句中的词的重读音节完全相同。

挑选一位对你的风格有帮助的作家。这样不管是从句子构成方面，还是从文风节奏方面，你都能获益颇多。你不能指望，也无须经常这样做，然而偶尔这样做一次得到的帮助是巨大的。对于自己阅读中音调和节奏的变化，你会有更深入的了解，而且能够从阅读中学习。

一旦你能通过努力学会对一个句子的不同组成部分进行分析，并且能够仿写出一个这样的句子，你就会发现，你自己头脑中的某个部分从此觉醒了，有些微妙之处以前的你很难察觉，如今变得异常敏感。

◆ 挑选新鲜的词

无论读什么，都要特别留心那些用得恰如其分的词。但是只有确保这些词和你自己的习惯用词贴切后，你才能使用它们。梳理一本同义词词典，因为一位教过我的老教授曾这样说："生动的动词"远没有在一个生动的故事中找到的符合上下文语境的词有用。**然而如果使用得当，同义词词典是一个很好的工具。**

　　最后，回到你自己的作品上，用全新的视角将你的作品再读一遍，就像它马上就要被拿去出版一样。你能通过修改让它变成一篇生动、丰富和充满活力的文章吗？

学会重新看

◆ 习惯的盲区

天才在每一天都能保持盎然而强烈的兴趣，就像一个看到世界在自己眼前不断扩展的敏感的孩子。我们很多人能够把这种响应能力保持到青少年时期，很少有成年人能够有幸在自己的日常生活中保持它。我们中的大部分人都只是偶尔能意识到这一点，即使在年轻的时候。

随着时间的流逝，成年人能够观察、感受和聆听的各种感官保持警醒的时刻越来越少了。我们中的很多人允许自己俗务缠身，把注意力全部消耗在无关紧要的琐碎事物上，盲目地度过每一天。

真正的精神病人可能全神贯注于一个问题，深陷其中不能自拔，他无法告诉你他苦思冥想的到底是什么，他的病症使他在现实世界里无法做出有效的反应。我们正常人按照自己的习惯做事，以至于很少有事情能影响我们，只有真正惊心动魄的事才能打破我们固有的习惯——一场正在我们眼前发生的大灾难。我们懒洋洋地散步的路被一场凯旋大游行挡住了，这对我们来说是让我们束手无策的事。

作家真正的危险，是对自己无能为力的事情毫无兴趣。因为我们对于日常观察所得、新鲜的感受、清新的想法的积累，并非躺在家里完成的，而是常常需要回到生活的素材中，反反复复地写我们童年时期或早期生活中的鲜活感受。

◆ 重复的原因

任何一个人都知道，从某种程度来说，一个作家好像只能讲一个故事：那些人物形象在不同的书中被赋予不同的名字，他们可以被放进貌似不同的情景中；他们故事的最终结局或喜或悲。不过，我们每一次都觉得读的是那个作家写的新书，虽然同样的故事我们在很早之前就听过了。

无论女主人公叫什么名字，我们都知道雪花会在她的睫毛上降落并融化，或者在森林中散步时，她的头发将会被树枝挂住。D.H.劳伦斯〔D.H.劳伦斯（1885—1930），20世纪英国小说家、批评家、诗人、画家，现代主义文学的代表人物。代表作品有《儿子与情人》《虹》《恋爱中的女人》和《查泰莱夫人的情人》。〕的男主人公在情绪激动时说话带有兰卡斯特口音。

斯托姆·詹姆森的女主人公很可能在广告写作中大获成功，而且常常来自造船世家。

凯瑟琳·诺里斯至少每隔一本书就会提到：一个阳光明媚的厨房里有一只蓝色的搅拌碗——诸如此类，不胜枚举。

重复使用对我们有情感价值的材料的诱惑是如此之大，以至于它几乎从未被抵制过。如果这种重复做得好，就没有理由不这样做。但是人们往往还是会怀疑这样的重复显得过于轻率了。如果作家稍稍用点儿心，或许就能想出对等的描写，效果是一样的，同样会引起情感共鸣，而不会千篇一律，落入那种老掉牙的俗套。

事实上，我们都有一种记得自己童年时期在明亮、温暖的光线下看到的东西的倾向；无论何时，当我们希望唤回童年生活的记忆时，我们都会回想它们。**但是如果我们继续一遍又一遍地使用相同的情节和相同的项目，我们的写作也就不再有效果。**

重新体验纯真的眼神

你完全有可能克服自己迫切需要解决的问题，拒绝让自己整天被健忘包围，尽管在多年沉浸于自己的个人小天地之后，再次将注意力转向外面的世界，要比想象中困难得多。仅仅保证自己将不再遗忘是不够的，尽管每个作家都应该采纳亨利·詹姆斯的建议，把下面这句话作为严肃的誓言："努力成为一个不错过任何事的人。"

［出自亨利·詹姆斯：《小说的艺术》，麦克米伦公司出版。亨利·詹姆斯（1843—1916），美国著名小说家、文学评论家、剧作家和散文家，被誉为美国现代小说和小说理论的奠基人。主要作品有《黛西·米勒》《一位女士的画像》及《使节》等。《小说的艺术》是其文学评论的经典之作。］

为了达到这种令人满意的状态，每天给自己设定很短的一段时间。在这段时间内，通过思考，重新找回孩子一样"天真无邪的眼神"。每天花半个小时的时间，让自己回到还是五岁孩子时的状态，睁大眼睛，对这个世界充满兴趣。即使你在刻意地做一些像呼吸一样被忽视的事情时觉得有些难为情，你仍然会发现，这样做可以在很短的时间内收集到大量的新素材。

不要试图马上使用这些素材，因为假如你不耐心等待你潜意识的思想去消化、吸收、积累、加强它，从而产生奇迹，你或许只能得到一些像新闻一样毫无用处的事实细节。记住：在你经过的街道上，把自己变成一个新来的人。

◈ 街道上的一个陌生人

当你第一次走进一个陌生的城镇或一个陌生的国家时，你的眼神是多么急切。巨大的红色公共汽车在伦敦街头横冲直撞，每一个曾看到过它的美国人都认为它走错了路——很快，他就非常容易避开并忽视这些公共汽车了，就像他避开和忽视纽约的绿色公共汽车一样，不再觉得奇怪，就像你每天在上班的路途中都要经过药店橱窗一样。

然而，药店的橱窗、载着你去上班的公共汽车、拥挤的地铁，如果你不将它们看成是理所当然的，那它们看起来就会像上都 [上都，指英国浪漫主义诗人塞缪尔·泰勒·柯尔律治的代表作《忽必烈汗》中描写的忽必烈汗的美丽宫殿。《忽必烈汗》是柯尔律治根据自己梦中所见写的一个残篇。全诗共54行，以想象力的疏放，异国情调的幽婉浓郁为后人交口称赞。]一样陌生又新奇。

当你登上有轨电车，或者走在大街上时，提醒你自己，在十五分钟的时间内全神贯注于你的眼睛所能看到的每一件事和每一样东西，并将它们描述出来。

比如，有轨电车：外表是什么颜色的？（不仅仅要说出是绿色的还是红色的，还要说出是灰绿色还是草绿色，是深红色还是褐红色。）车门在哪里？它有一个司机和一个售票员；还是只有一个司机，司机兼任售票员？车的里面，车内壁、地板、座位，还有广告海报是什么颜色？座位朝向是怎样的？

坐在你对面的人是谁？坐在你身边的人的衣着是怎样的？他们是如何站立或坐着的？他们在读什么？他们是否在呼呼大睡？你听到了什么声音，什么气味影响了你，你手握拉手是什么感觉，或者从你身边挤过去的人所穿的外套是什么料子的？过一会儿，你可以将这种密切的观察暂停，不过要做好准备，一旦场景发生了变化，就要重新开始。

下次集中注意力观察你对面的人。她从哪儿来？要到哪儿去？你能从她的脸、态度和衣着上，了解到她的哪些情况？发挥你的想象力，她的家是什么样的？（见一个题为"没有写出来的小说"的故事，弗吉尼亚·伍尔芙：《星期一或星期二》。）

在陌生的街道上走走，去参观展览，或者在城市里一个陌生的地方看一场电影，让自己每周有一到两次用新鲜的目光看世界的经历，这样是值得的。但是，你在自己生活中的任意时刻都要能这样做。

对于锻炼你的反应能力来说，你在一条从未去过的街道上走走和在工作场所度过一天中的大部分时间一样有收获，甚至意想不到的收获。试着用脱离常规的、新奇的眼光看看你的家、你的家人、你的朋友、你的学校或办公室。你对自己听到的声音习以为常，以至于忘记了它们也有自己独特的音色；除非你极度敏感，否则你很难意识到，你最好的朋友喜欢频繁地使用一些词语，如果你在自己写的一个句子里用到了这些词，那些认识他的人就会意识到你在模仿谁。

如果你真的想写作的话，所有这些简单的小练习对你来说都是非常好的。没有人会在意在数不清的书页中读到枯燥无味的思想，因为记忆是如此容易更新。

记住：这个建议的一部分，是让你将看到的景象形成确实的文字，然后再把它交给潜意识控制。找到确切的文字并不总是必要的，然而假如你不用这种方式进行强调的话，很多可用的素材就会从你的指缝间溜走。

如果你这么觉得"哦，我一定会记住它们"，到头来你会发现，你往往只是在借故摆脱一项艰巨的任务。你找不到有新意的词，只是因为好词难求；坚持不懈地推敲、寻找恰如其分的词，这样在你急需的时候才会得到用语得体、措辞准确的回报。

◈ 美德的奖赏

在你开始这样看待自己周围的世界的时候，你就会发现你早晨的写作比以往更加丰富、美好了。这不仅仅是你每天都给它们带来新的素材，而且你正在激活自己头脑中隐藏的记忆。每一件新鲜的事情都会带来一连串相关的联想，直达你内心深处，释放你的感觉和经历：往日的欢乐、过往的悲伤、那些在你的记忆深处被覆盖的时光，还有你早已全然遗忘了的片段。

这就是真正的天才之所以拥有取之不尽、用之不竭的素材的原因。发生在他生活中的任何一件事都能为他所用。没有经历能埋藏得如此之深，以至于他无法激活；他能在自己想象力展现的每一种情景中找到一种情节类型。

通过不让自己陷入漠不关心和单调乏味状态的简单方法，你就能为你的写作激活并再现你生活的各个方面。

原创性的源泉

人们普遍认为，每一个作家的大部分素材都必须从其自身寻找。这个观点如此普遍，以至于人们读到与此相关的章节时往往抱怨自己经历贫乏。然而这个问题必须要写下来，因为只有彻底地理解了这一点，才能够消除对"究竟什么是原创性"的误解。

◆ 难以捉摸的品质

每一本书、每一个编辑、每一位老师都会告诉你：原创性是创作道路上通往成功的关键。除此之外，他们很少进一步阐发。如果你锲而不舍地询问，有时他们就会举例说某人的作品就具有他们所需要的"原创性"，而这些随意举出的例子常常会误导一些年轻的写作者。

一个编辑会这样说："要像威廉·福克纳那样有原创性。"他这样说的用意是通过一个实例来强调他的建议；或者这样说："看看巴克夫人，如果你能给我一些这样的作品……"

而诚挚向他提问的初学者则会完全忽略此类建议的要点，回到家，费尽心思要写出被称为"一个精彩的福克纳式的故事"，或者"一部完美的赛珍珠式 ［赛珍珠（1892—1973），美国作家、人权和女权活动家。赛珍珠出生于美国弗吉尼亚州西部，四个月后，随身为传教士的父母来到中国。17岁时，赛珍珠回美国攻读心理学，毕业后又回到中国，曾经在金陵大学执教。她先后在镇江、宿州、南京、庐山等地生活和工作了近四十年。赛珍珠的主要作品有大地三部曲：《大地》《儿子们》和《分家》，以及《母亲》等。1932年，她凭借小说《大地》成为第一位获得普利策小说奖的女作家，并在1938年以对中国农民生活史诗般的描述，以及她传记方面的杰作，获诺贝尔文学奖。］的小说"。

过了很长一段时间——如果编辑和老师的经验还算可靠的话，要过相当长的时间——模仿者真的在他模仿的榜样那里发现了一些原创性的品质，以至于他能够用同样的方式写出一个像样的故事。但是成百上千的失败者中才会偶尔出现一个这样的成功者。

我的内心深处希望：每个套用别人的样式来裁剪自己衣服的人都会发现，这样做的结果是彻底的失败。因为这并非通往原创的道路。

在一个人的写作生涯中越早明白下面这个道理越好，那就是，我们每个人都能够做出的贡献是：**我们能够将自己对世界的点滴理解，注入人类普遍的经验之池中。**

从某种意义上说，每个人都是独特的。在那个国家的那个特定的历史时刻，没有别人是你父母所生的，只有你一个；没有人的经历和你的经历完全相同，没有人的结论和你的完全一致，在这个世界上，没有人的想法和你的一模一样。如果你能够同自己友好相处，你愿意并且有能力准确地说出自己想到的任何一种情形或人物，如果你能够讲出一个好像除了你自己，世界上所有其他人都无法看到的故事，你自然而然地就有了一部原创作品。

这看起来好像很简单，却是一般作家做不到的。部分原因在于，他在读书时，习惯于沉浸在别人的写作中，习惯于透过别人的眼睛看世界，这真令人悲哀。有时候，他富有想象力且又容易受影响，能写出一部看起来很好，足够接近原创的故事，或者看起来不是那么明显的别人作品的衍生品。

但是，通常那些理解上的错误，那些对自己小说中人物的唐突描写，都是因为作者没有用自己的眼睛来观察自己创造的人物，而是借用福克纳、海明威〔欧内斯特·海明威（1899—1961），20世纪美国最具有代表性的作家之一。代表作品有《太阳照样升起》《永别了，武器》《丧钟为谁而鸣》和《老人与海》等。1954年获诺贝尔文学奖。海明威笔下的人物大多是铁骨铮铮的硬汉，他们不苟言笑、冷静、刚毅、临危不惧，在痛苦的承受上，在意志的磨炼上都表现出超人的精神力量。与作品主题和人物性格相符合，海明威多用简单句，简洁流畅、清新洗练，形成了独特的文风。]、D.H.劳伦斯，或者伍尔芙的眼睛。

◇ 原创性不是模仿

这些作家的优点恰恰在于，他们并不认同大多数模仿者那样谦卑地人云亦云的做法。他们每个人在观察这个世界时都有自己独特的视角，并将其描写出来，他们的作品直接来自人格的核心，而没有偏离或扭曲，像所有伟大的作品一样，直率而充满活力。

一些德莱塞 [西奥多·德莱塞（1871—1945），美国现代小说的先驱、现实主义作家之一。主要作品有《嘉莉妹妹》《珍妮姑娘》《金融家》、《巨人》和《斯多葛》，以及《天才》和《美国的悲剧》等。其中《美国的悲剧》是其成就最高的作品。他的作品贴近广大人民的生活，诚实、大胆、充满了生活的激情。]先生的模仿者所写的德莱塞式的小说，总是似是而非，或者生硬而神秘的劳伦斯式的故事，根本没有学到D.H.劳伦斯作品的精髓；然而想要说服那些缺乏自信的、对大作家充满崇拜的年轻作家，是非常困难的。

◈ "出人意料的结尾"

当模仿的陷阱被安全地绕开时，人们往往会发现：为了努力做到原创，作家把自己的故事又拉又拽，写得不伦不类。比如，他会在紧要关头制造引起轰动的人或事，使结局彻底反转，让一个人物的行为反常，去做本不该由他这种性格的人做的事，这都是为"原创"这一上帝服务的。他的故事可能是恐怖的，或者更稀奇的是，作品中的人物可以克服所有的障碍，只是因为运气好。

如果教师或编辑抗议说这个故事不可信，作者肯定会低声说"《德拉库拉伯爵》"[《德拉库拉伯爵》，爱尔兰作家布拉姆·斯托克（1847—1912）于1897年所写的小说。讲述了一位名叫乔纳森的英国年轻律师因房地产业务前往特兰西瓦尼亚与德拉库拉伯爵会面。但不久，他便发现伯爵其实是个吸血鬼。后来，他设法逃离了城堡，但身心受到很大摧残。与此同时，乔纳森的未婚妻米娜和她的朋友露西也因吸血鬼德拉库拉的作祟频频出事。在范·赫尔辛博士的帮助下，众人终将这个邪恶的吸血鬼化为乌有。]或"凯瑟琳·诺里斯"。

如果你告诉他，他没有满足一个好故事的最低要求，他是绝对不会相信的：作为作家，他没有真实连贯地表现出此类事情在这个世界里无论何种情况下都会发生。而他所模仿的作家肯定做到了这一点。

◈ 诚实，原创性的源泉

所以，这些故事都是失败的，因为它们前后不一致，虽然作者通过严格诚实的训练能够控制这种不一致——这是保持作品一致性的最好方法。如果你清楚地知道自己喜欢什么，如果你明了自己对生活中大部分重大问题的真正看法，你就能写出一个诚实、新颖并且独一无二的故事。但是这些都只是"如果"，要想找到自己信念的根基，需要进行艰苦的找寻。

人们通常会发现，一个初学者不愿专注于挖掘自己的思想，因为他对自己思想形成的过程非常了解，他知道自己今天所信仰的，到了明天可能不再信仰。这让他仿佛被施了魔咒，一直在等待最终智慧的到来。因为这种智慧迟迟没有到来，他觉得自己无法专心写作。当这成为一个真正的困难，而不是简单地（有时候是）找一个神经官能症的借口无限期地推迟写作的时候，你会发现，一个作家能够写出粗略的大纲，写出一半不能保证完成的故事，但很少能够写得更多了。

显然，这样的作家需要知道：他的情况并非个案，我们都需要继续成长，为了能够写下去，我们必须以我们目前已经建立的信仰为基础。如果你不愿意诚实地写作，虽然或许观点最终体现的是你现在的情况，尽管这也许远不是你最终的信仰，你可能已经带着自己对这个世界的贡献走向了临终之所，就像你二十岁时对宇宙的最终信念还有很远的距离一样，而这世界仍尚未完成。

◈ 相信自己

只有在这样戏剧性的情境下，人们才能发现自己——如果你能认真阅读乔治·波尔蒂 [乔治·波尔蒂（1868—？），法国作家，最为人知的著作是《三十六种戏剧情景》。他总结的三十六种情景包括：1.哀求；2.援助；3.对罪行的复仇；4.亲族间的复仇；5.追逐；6.灾难；7.厄运；8.叛乱；9.英勇业绩；10.诱拐；11.谜团；12.获取；13.亲族间的仇怨；14.亲族间的竞争；15.因奸情行凶；16.疯狂；17.致命的疏忽；18.无意中因爱犯罪；19.无意中伤害亲属；20.为理想献身；21.为亲属献身；22.为爱不惜一切；23.被迫牺牲爱人；24.强者和弱者的较量；25.通奸；26.为爱犯罪；

27.发现爱人有不名誉的事；28.爱情的障碍；29.爱上仇人；30.野心；31.与神抗争；32.错误的猜忌；33.错误的判断；34.悔恨；35.失而复得；36.痛失爱人。] 的《三十六种戏剧情景》，就能发现三十六种情景——而并非只有把你的人物放在一个以前做梦也想不到的戏剧情节的中心，才会使你的故事变得无法抗拒。即使有可能找到这样一种情况，想要传达给你的读者也需要一种几乎听天由命的伟大技巧。

他们还必须在他们读到的故事中找到一些可以辨认的品质，否则只能绝望地不知所云。你的男主人公如何面对他的困境，你如何看待那些紧要关头——这些决定了你的故事能否做到真实可信；正是你自己塑造的人物，无可争议地贯穿于你的作品中，这将引导你走向成功或失败。

我几乎愿意这样说：没有任何场景本身是老套的，只有单调乏味、缺乏想象力或者词不达意的作家。一种困境如果能被充分地展现，且身处其中的人物能够发现自我，那就不会让他的读者无动于衷。

例如，《众生之路》[《众生之路》是19世纪晚期英国优秀小说家塞缪尔·巴特勒（1835—1902）的代表作。这是一部半自传体小说，主要讲述了主人公欧内斯特挣脱环境和他自身的各种束缚，逐渐成长的故事。]、《克雷亨格》[《克雷亨格》是20世纪初英国杰出的小说家、剧作家和批评家阿诺德·贝内特（1867—1931）的作品。小说从主人公埃德温·克雷亨格的角度讲述了他与莱斯威斯之间的悲欢离合，反映了19世纪后期英国中产阶级的生活与理想。]和《人性的枷锁》[《人性的枷锁》是英国著名小说家威廉·萨默塞特·毛姆（1874—1965）长篇半自传体小说，也是其代表作。小说围绕着主人公菲利普从童年时代起的三十年生活经历，反映了一个青年的痛苦、迷惘、失望、挫折和探索，以及逐步摆脱种种枷锁，寻找生命意义，走向成熟，获得精神解放的历程。]三部作品有着相似的主题，你能说哪一部是陈词滥调、老生常谈吗？

◆ "你的愤怒和我的愤怒"

阿格尼丝·缪尔·麦肯齐 [阿格尼丝·缪尔·麦肯齐（1891—

1955），苏格兰历史学家、文学批评家。主要作品有《莎士比亚戏剧中的女性》《英国文艺复兴戏剧欣赏便览》《1714年之前的苏格兰文学史》《文学作品的创作》等。]在《文学作品的创作》中说："你的爱和我的爱，你的愤怒和我的愤怒，有很多相似之处，我们可以用同样的名词称呼它们；然而在我们的体验，以及这个世界上任何两个人的体验中，它们永远不会完全相同。"如果这不可信，那么对于艺术来说，就既没有基础，也没有机会了。

再比如，在某一期的《大西洋月刊》中，刊登了华顿夫人写的《一个小说家的自白》："事实上，只有两个基本法则：一，小说家应该只处理他能力范围以内的事，无论字面上或是修辞上（在大多数情况下，二者是同义词）；二，一个主题的价值几乎完全取决于作者能够从中发现什么，以及他能够深入研究的程度。"

通过不时重温这些语录，你可能会最终说服自己：你的洞察力和真知灼见会给你的写作带来了最终的价值；

只要你在写作时有一个清晰、诚实的头脑，就不会落入
俗套。

◈ 一个故事，多个版本

很早以前，我就开始在我的课堂上通过直接演示来证明
这一点。我要求把故事梗概简化为摘要性的提纲。在收到的
提纲中，我专挑那些"最老套的"。

在其中的一节课上，我收到这样一个提纲："一个被溺
爱、娇养的女孩结婚了，她对待金钱的态度几乎毁了她的丈
夫。"我承认，当我将这个提纲读给学生们听的时候，我心
存疑虑。我自己只能预见到一种发展，一种可能的变化只有
那些具有相当复杂的"分离"技巧的人才做得到——当时就
能够对这个思路迅速做出反应，然后有意地改变他们最初的
构思，让故事朝相反的方向发展的那些人。

我给了全体学生十分钟的时间，让他们将那个句子扩展成一两个段落，就好像他们要写一个以此为主题的故事一样。结果，在一个十二个人的班级里，出现了十二个各不相同的版本。其差别之大，以至于任何一个编辑在一天之内将它们全部读完，也不会想到他们各自的出发点是相同的。

我读到了这样一个故事：一个娇生惯养的女孩，因为是个高尔夫球冠军，所以自从她出道后就四处参加比赛，完全不顾家庭生活，这几乎毁了她的丈夫。

我还读到这样一个故事，讲的是一个政治家的女儿，她的社交手段极富权谋，不仅招待了可能支持她爸爸的人，并非常大方地款待了她丈夫的上司，使得上司认为他这位年轻的得力助手应该得到提拔，给丈夫的生活带来翻天覆地的变化。

我还读到一个故事：一个女孩出嫁之前被人警告，年轻的妻子大多容易犯挥霍浪费的毛病，因此，她省吃俭用，节衣缩食，直至将自己丈夫的耐心消磨殆尽。这个故事读了不到一半，全班就哄堂大笑了。每个人都意识到，自己对生活的态度完全是自己个人的理解，在自己看来如此不可避免的，对其他人来说却是新奇稀罕、不可预见的。

我希望我可以这样总结这件事：我再也不会听到他们有谁抱怨说，自己的思路太老套了。

即便是双胞胎，面对同一个故事也不会有完全相同的看法。每个人都有不同的侧重点，解释造成困境的不同因素时，会选择不同的行动来解决它。如果你能彻底地相信这一点，你就能释放你的任何想法，这些想法有足够的情感价值，能够让你全力以赴。

如果你正在找寻一个要写的主题，你可以将此作为一个合理的建议，简单来说就是：**"你可以写任何生动、形象到足以引发你万般感慨的故事。"**如果一件事引起了你的注意，说明它对你是有意义的；如果你能够找到它的意义，你就有了创作故事的基础。

◈ 你无法剥夺的独特性

每篇文章只要不是简单地、直截了当地传递信息——比如一张处方或一个方案——就都是为了说服人。当你吸引了读者的注意力，你就是在说服他，用你的眼睛看世界，同意你的看法，同意这是一个激动人心的时刻，同意这种情况本质上是悲惨的，或者另一个故事是非常幽默的。

在这个意义上，任何一部小说都是有说服性的。作者的使命就是，不管在哪种程度上，都要强调所有的对这个世界富于想象力的表现。

既然是这样，你就必须清楚地知道你对自己在写作中要用到的生活中的大多数关键问题，以及那些次要问题的看法。

◇ **一份问卷**

下面是一些用来进行自我检查的问题，可能会给你一些建议。这绝不是个面面俱到的问卷，但是当你考虑这些问题的时候，你就能够清楚地了解自己的写作哲学：

你相信上帝吗？你会相信哈代［托马斯·哈代（1840—1928），英国诗人、小说家。主要作品有《远离尘嚣》《还乡》《卡斯特桥市长》《德伯家的苔丝》和《无名的裘德》等。］的"众神之王"，还是威尔斯的"现身的上帝"？

你相信自由意志，还是宿命论？（虽然艺术家和宿命论者是一对相伴而生的矛盾体，而想象力会在此徘徊。）

你喜欢男人吗？女人呢？孩子呢？

你是怎样看待婚姻的？

你认为浪漫的爱情是幻觉和陷阱吗？

你对这一观点怎么看，"一百年后，一切还是老样子"，是深刻的还是肤浅的？是真实的还是虚假的？

你能想到的最大的幸福是什么？最大的灾难呢？

诸如此类。如果你发现自己在回答这些伟大问题时犹豫不决，那就说明你还没有为创作大题材的小说做好准备。**你必须找到能让自己下定决心的主题，这是你写作的基础。**最好的书来自最强烈的信念——看任意一个书架，都能证明此言非虚。

chapter 13

作家的娱乐

作家比其他任何一个行当的人都更愿意过公共假期。在非工作日,你会发现他们通常会在角落里读书,或者,如果在这方面遇到了挫折,他们就和其他作家探讨。同行之间在一定程度上的探讨是有价值的,太多了则是浪费;过多的阅读也是有害的。

◆ 文字不休假

无论是否把写作当成一项事业,我们所有人对文字都是司空见惯、无法逃避的。

如果我们独处的时间足够长,并且被禁止看书,我们很快就会自言自语——就像行为学家所说的"默读"。这是世界上最容易证明的事：让你自己与文字隔离，待几个小时。独自一人，抵制诱惑，不要拿起任何书籍、报纸，或废旧的印刷品。当压力开始让人感到厌烦的时候，还要抗拒给别人打电话的诱惑——因为你肯定会在心里谋划，几分钟后就要读书或说话。

在非常短的时间内，你就会发现，自己正在以惊人的频率使用文字：打算告诉一个熟人你对他的看法，审视内心并给自己建议，试图记起一首歌的歌词，认真构思一个故事的情节等等。事实上，文字已经填充了无言的真空。

那些在自由的日子里从未写过一个字的囚犯，一旦能得到纸，就会迫切地在上面写字。躺在医院病床上的病人，被迫沉默，拒绝读书，可是有数不清的书的写作就是这样开始的。一个需要举出的例子是，玛格丽特·爱伦·巴恩斯〔玛格丽特·爱伦·巴恩斯（1886—1967），美国剧作家、小说家。作品有《纯真年代》（1928，根据伊迪丝·华顿的同名小说改编的戏剧）、小说《优雅年代》《向西的旅程》《智慧之门》等，其中《优雅年代》获普利策小说奖。]的《优雅年代》。

我记得自己在很久以前读过这样一个故事：在一个强制休息的假期里，当他"正把小石子扔进大海里"的时候，威廉·艾伦·怀特［威廉·艾伦·怀特（1868—1944），美国历史上最伟大的新闻工作者之一、编辑、作家。1923年因《致一位焦虑的朋友》获得普利策奖。《某富翁》是他最受欢迎的小说。他的作品还有《真正的问题》《编辑和他的人民》和《变化的西部》等。在他去世后，堪萨斯大学设立了怀特新闻学院，以纪念他杰出的贡献。］的《某富翁》来到了他的身边。一个两岁的孩子会自己给自己讲故事，一个农民会和一头母牛说话。一旦我们学会了运用文字，我们就会永远地使用它。

◈ 沉默的休闲

结论应该是显而易见的。如果你想激励自己写作，那就通过无言的方式自娱自乐吧。不要去剧院，不要听交响乐，也不要去博物馆，而是独自进行长距离的漫步，或者在公共汽车上层独自呆坐。如果你有意识地拒绝说话或阅读，你会发现这对你有很大的好处。

我认识一个非常著名的作家，他每天在公园的长椅上坐两个小时。他说，多年来，他养成了躺在自家后花园的草地上凝望天空的习惯。然而他家里的人看到他如此安逸地独自待着，无所事事，总是一有机会就从室内走出来，坐在他身边开心地聊天。这样，他早晚会和他们谈论他正在构思的作品。令他吃惊的是，那种急切的、想将故事写下来的冲动在他谈完自己的构思后就消失了。

现在，他带着一种明确的目的和神秘的沉默，每天从家里消失一段时间，每天下午出现在公园里（幸运的是很少人遇到他），他双手插在口袋里，盯着鸽子。

另一位几乎音盲的作家说，如果她身处一个正在演奏交

响乐的音乐厅——音乐要足够长，她就能将自己构思的所有
故事完成。灯光、音乐，还有静止不动的她，带来了一种艺
术的迷醉，使她处于梦游状态，直到她到电脑前，开始奋笔
疾书。

◈ 找到激励自己的方式

只有实验才能让你知道，最适合你的休闲方式是什么。
但是当你有任何一篇作品要完成的时候，那就应该尽量不要
沉迷于书籍、剧院和电影。

书籍或戏剧越好，就越有可能让你分心，而实际上，它
们不仅影响你的情绪，而且还会改变你创作时的态度。

◈ 各种能消磨时间的事

大多数知名作家都有某种沉默的休闲方式。有一个作家发现，骑马是他最好的休闲；另一位女作家坦承，每当她在写小说的过程中遇到困难，她就站起身，无休止地玩一种单人纸牌游戏。（我认为这个人是诺里斯夫人，我想她甚至说过，她都快要将纸牌翻完了，也不确定能看到一张王牌。）。

另一个女作家发现，在战争年代，她编故事的速度和她织毛线的速度一样快。于是，她把自己变成了不断使用编织针的珀涅罗珀 [珀涅罗珀，荷马的史诗《奥德赛》中奥德修斯的妻子。奥德修斯随希腊联军远征特洛伊，多年未归，人们盛传他已客死他乡。有一百多个来自各地的王孙公子聚集在他家里，向他的妻子珀涅罗珀求婚。坚贞不渝的珀涅罗珀为了摆脱求婚者的纠缠，宣称等她为公公织完一匹做寿衣的布料后就改嫁。于是，她白天织这匹布，夜晚又拆掉。就这样织了又拆，拆了又织，拖延时间，等待丈夫归来。]，每当她有一个故事在酝酿构思，她就拆开一个用鲜红色的毛线编织的正方形编织物，再重新编织。

钓鱼是一个侦探小说作家的最爱，另一位小说家承认，他漫无目的地削了好几个小时的木头。还有一位作家说，她在自己能拿到的所有织物上都绣上了自己姓名的首字母。

只有一个充满激情的作家才会用一个富有魅力的词——"休闲"——来称呼这些消遣。但值得注意的是，成功的作家在谈起自己是一名作家的时候，很少提及自己蜷缩在一个角落里读一本好书。尽管他们或许特别喜爱阅读（并且所有的作家都宁愿阅读也不愿吃东西），他们都从长期的经历中明白了这样一个道理：正是这些无言的休闲状态，让他们的思想集中于写作。

chapter 14

练 习 故 事

◈ 摘要重述

当你每天都早起写作，成功地坚持了几个星期之后，在一个特定的时刻，你开始进行第二步，即让自己在规定的时间里写作，你已经准备好把两者结合起来了。你在自己可以掌控的范围内，为进入每一个成功的艺术家都知道的关键步骤做好准备。

为什么它要保密，它又为什么在几乎每一个作家身上都有不同的形式，这是一个未解之谜。或许是因为任何一个作家都找到了自己的解决办法，所以他们很难意识到，这是他那特殊知识的一部分。但这是另一章的内容。现在是时候把有意识和潜意识的工作用一种基本的方式结合在一起了。

你已经被警告过：在每天早上开始写作之前，避免读你的作品。你可以尝试直接去挖掘潜意识，而不是简单地用某种有限的想法来召唤它。再者，如果你要找到自己的风格，就必须让自己摆脱身边任何例子的影响。一份报纸、一本小

说、别人的演讲，甚至你自己的作品——所有这些都有一种
限定性的影响。我们很容易被一套思想束缚，很容易跟随我
们读过的任何一本书或一份报纸的节奏。

◈ 风格的影响力

如果你真的怀疑这一点，那么要证明一个人是如何被
另一个人的风格所吸引，也是非常容易的。选择任何一个
你喜欢的作家，他要有很强烈的节奏感和鲜明的个人风格，
如狄更斯［查尔斯·狄更斯（1812—1870），英国19世纪最伟大的小说
家。主要作品有《匹克威克外传》《雾都孤儿》《老古玩店》《大卫·科波菲
尔》《艰难时世》《双城记》和《远大前程》等。］、萨克雷［威廉·梅克
皮斯·萨克雷（1811—1863），英国19世纪小说家。主要作品有《名利场》
《亨利·埃斯蒙德》《弗吉尼亚人》等。《名利场》是萨克雷的第一部长篇小
说，也是他的代表作。］、吉卜林［拉迪亚德·吉卜林（1865-1936），英
国小说家、诗人。1907年凭借作品《基姆》获得了诺贝尔文学奖。主要作

品有《生命的阻力》《营房谣》《丛林之书》《七海》等。]、海明威、奥尔德斯·赫胥黎［奥尔德斯·赫胥黎（1894—1963），英国小说家、剧作家、诗人。主要作品有《铬黄》《男女滑稽圆舞》《光秃秃的树叶》《点对点》《几个夏季之后》《天才与女神》《岛》等。1932年创作的长篇小说《美丽新世界》为他赢得了巨大声誉。]、华顿夫人和伍德豪斯。开始读他的作品，直到你感到有些疲倦，注意力开始无法集中的时候。把书放在一边，随便写点什么。然后将这些文字与你早上写的文章进行比较。

你会发现两者之间有明显的区别。你不知不觉地受了你所阅读的作家的影响，改变了自己的重点和方向。有时候，这种相似性是如此惊人，以至于几乎是荒唐可笑的，尽管你绝不是刻意模仿——甚至还可能刻意保持自己的写作风格。为什么会这样呢？我们可以把这个问题留给心理学家去研究，让他们做出解释。

◈ 找到自己的风格

找到你自己的风格、自己的主题是非常重要的，这样你天性中的每一个元素都可以为你的写作做出贡献。 研究你写的东西，在其中找到一些想法——这一次要找的想法非常简单——能够给你提供一个很好的、显而易见的核心，让你写出一个短篇小说，一个扩展的逸闻趣事（比如像《纽约客》的风格），或者一篇简短的随笔。最好能发现故事素材。

在你早上写作的任何东西中发现对你有用的东西。关于这个主题你会有些话要说，而并非肤浅的评论。从散乱无章的素材中提炼你的思想，并开始认真地对待值得你严肃思考的问题。

◈ 萌芽中的故事

你打算把它怎样呢？记住，你的目的是寻找一个简单的思想——一个你一坐下来就可以完成的东西。那么，在这样的情况下，还需要什么呢？重点是什么？需要人物通过抽象的形式来体现你昏昏欲睡状态中所做的种种猜测吗？是否需要加一些特定的因素使其一清二楚，这样无论什么情节冲突都不存在看似不重要或被忽视的危险？

当你决定了它可以写成什么，并且应该如何利用它进行写作的时候，就要认真考虑细节了。

◈ 前期准备

你要注意，你现在还没开始写呢。你正在做的是前期准备的工作。在这一两天，你将全身心地关注这些细节。你将有意识地分析它们，如果有必要，还要去读些书作为参考，补充你的事实。然后做梦你都会梦到它。你将一一考虑这些人物，然后把他们合在一起。**你要轮番使用你有意识的思考**

和潜意识的幻想，尽己所能为这个故事而努力。

你能找到的、要填充的素材似乎没完没了。比如，女主角长什么样？她是七个孩子中最大的一个，还是个独生女？她接受的教育怎么样的？她工作吗？为了把故事写得栩栩如生，你需要在男主人公，以及任何次要角色上也做同样的工作。然后将你的注意力转移到场景，以及每一个人物生活背景的描写上，有些人物的生活你可能永远不需要描写，但是你对这些生活的了解能使你将未完成的故事写得更有说服力。

在最近的著作《那是夜莺》中，福特·马多克斯·福特〔福特·马多克斯·福特（1873—1939），英国小说家、评论家、编辑。代表作有《好兵》《有些不》《不再行进》《最后的哨位》等。《那是夜莺》于1933年出版，而本书出版于1934年，所以作者说《那是夜莺》是福特最近的一本著作。〕恰恰谈到了这一点："在我坐下来开始写这篇小说之前，我可以——我往往就是这么做的——将小说中的每一个场景，有时候甚至是每一段对话设计好。但我还是无法开始写作，除非我对自己要写的那个地方的最遥远的历史有了深入的了解。我还必须通过我个人的观察而非阅读来了解窗户的形状、门把手的材质、厨房的样子、衣服的布料、鞋子的皮革、田间劳作的方式，以及公共汽车票的种类等等。我在自己的作品中也许永远不会用到这些东西。但是，除非我知道我笔下人物的手指拧的是哪种门把手，要不然我怎样才能——令我自己满意地——把他从门里弄出来呢？"（这本书中关于文学创作过程的描写非常有价值。）

　　当你以这种方式准备自己所能做的所有事情时，要告诉自己："我要在星期三的十点钟开始写作。"然后把它从你的头脑中去除掉。它会时不时地在你的脑海中浮现。你不需要粗暴地拒绝它，但你要排斥它。你还没有准备好写这个故事，让它再沉淀一下。再等三天对它没有害处，甚至还会有帮助。不过，当时间到星期三十点钟的时候，你要坐下来写作。

◆ 自信地写作

现在，马上开始写作。就像你在做第六章的时间练习一样，不要找任何借口，不要怯场，只要开始写就可以了。如果想不到一个好的开头，就先把它空出来，稍后再写。能写多快就写多快，尽量不要关注你自己的写作过程。试着轻松而快速地写作，开始和结束的每一句话都要漂亮、清楚。不要多次重读——只需偶尔读一两个句子，以确保你在正确的道路上。

这样你就能够训练自己养成良好的写作习惯。打字设备或书写用的稿纸不应该在你沉思冥想的好地方，或者你解决疑难问题之前出现。**你会发现，在开始写作你的故事之前想好故事的第一句话和最后一句话，是非常有好处的。然后你就可以用第一句话作为跳板，通过它跳到你的写作中；而最后一句话就像一个木筏，指引你向前游的方向。**

◈ 完成实验

无论你要花多长时间，这个练习都必须以一件完成的作品作为结束。之后，你就会知道如何写作不可能一蹴而就的作品了。最好的做法就是：在你从打字设备旁站起来之前，趁着写作的热情还在你身上，再和自己做一个约定。你会发现，如果你这样做，你将会用同样的情绪状态来认识你自己，并且即使在你写作的间隙，你的写作方式也不会有明显的改变。但是这个故事要在你开始的当天完成。

不管你在以后读到它的时候是否喜欢，也不管你是否确定，如果你再尝试一次你可以把故事写得更好；除非你从一个完整的故事中脱离出来，否则这个练习就没有完成。

◈ 作品搁置的时间

把它放在一旁，假如你的好奇心允许，就让它独自待上两三天。至少也要隔一夜后再读。**在写作完成当天，直到你睡着之前，你对它的判断完全没有价值。**换一种精神状态得出的判断就会和原来的不同。如果你读了一半就觉得不好，你就会疲惫不堪、灰心丧气，这种状态会伴随你读完这个故事。

重读你自己写的故事，你会觉得它乏味至极、十分虚假、太过平淡。即便你后来通过睡眠和休闲改变了心境，读的时候觉得它顺眼了一些，对第一次判断的记忆也很有可能会让你心存怀疑，不能确定究竟哪个判断是正确的。如果第一个编辑看到你写的这个故事后表示了拒绝，你可能会认为就像你最初担心的，它非常糟糕。如此一来，你或许会拒绝再给它一次机会。

你的同行中有一半似乎并没有用所有的精力来完成一个故事，他们在阅读自己最近的杰作时，依然会被当初写作时的冲动所激励而坚持写作。如果他们已经犯了判断的错误，将作品写得过于冗长或过分紧凑，同样的错误判断仍会让他们对错误视而不见。

在你刚刚完成故事的时候，你还没有做好客观阅读它的准备。有的作家甚至无法相信自己在一个月内能对自己的作品有客观的判断。所以，作品写完之后就将其放在一边，将你的注意力转移到其他的事情上去。

你的故事已经稳妥地彻底写完了，并且它顽强地保留了你个性的痕迹，即使是你对另一个作家的作品最深切的敬仰也无法威胁到它。如果连阅读你都觉得太劳神了，那就找些轻松的休闲方式，把自己的注意力从写作身上移开。如果你早有安排要休息一段时间，那就更好了。

有些作家会立即产生开始创作另一个故事的冲动，如果你也有这样的感觉，那就全力以赴吧。如果你觉得再也不想看到纸和打字设备了，那就沉浸在这种情绪中吧。

◈ 批评式的阅读

当你神清气爽，彻底放松，并与自己的作品分开了一段时间之后，把你的故事拿出来读一读吧。

接下来可能会发生这样的情况：你会在自己的手稿里发现很多你没有意识到会写下来的东西。在你写作时似乎有什么东西在替你写。你认为对故事的正确叙述至关重要的场景根本就没有提及，你根本没有打算要写的其他场景却取而代之。

作品中的人物具有一些你几乎没有意识到的特质，他们说的有些话是你根本没有想到他们会说的。有一些进行强调的巧妙句子，而你原本认为那只是一些随意的陈述，但是如果故事要那样发展的话就恰恰需要强调一下。简而言之，你的写作与你原来所想的，或有过之，或有不及。你的理性部分对此只有很小的作用，你的潜意识则对此有很大贡献，比你可能相信的要多。

chapter 15

伟大的发现

写作练习／天才的根源／潜意识，而不是下意识／更高级的想象力／与潜意识和睦相处／
艺术的迷醉与作家的魔力

◈ 写作练习

现在要做写作练习。在我们进一步讨论之前，你很难听到关于你的写作艺术的基本事实，作家（像每个艺术家一样）大都具有双重人格。在他身上，潜意识的流动是自由的。他已经训练了自己，以至于写作的体力劳动并未使他疲劳，这与他达到的效果不成比例。

他的才智、判断和辨别意识与潜意识所展示的不同作用的能力，使他天性中更为敏感的元素自由地发挥，从而带来最好的结果。在写作中，以及后来对创作意识流动期间的所作所为进行考虑时，他学会运用他的才智，使其发挥不同的作用。

他通过日复一日地不断观察新事物，用有意识的目的取代了他记忆中形象、感觉和思想储备的流失。在理想的状态下，他本性中的这两方面和平共处，和谐地发挥作用；至少他必须能够根据自己的意愿对这两方面进行控制。他天性中的每一面都必须学会信任另一面，在它自己的领域里发挥作用，并对自己的工作承担起全部的责任。他约束自己头脑中的每一面，使其发挥自己的功能，绝不允许意识滥用潜意识的特权，反之亦然。

现在我们要更加深入地研究潜意识的贡献，你刚刚写完的那篇作品就是你的实验样本。假如你能按照指示做完练习，你可能会预见你所写故事中的诸多要点。如果在开始写作前就思考并且幻想这个故事，如果在你允诺写作的时候，没有一丝犹豫或歉意就立刻去写作，你就几乎可以确定：那篇作品完成之后，会比你预想的更完美，更丰富。这个故事将用一种比你原先想的更贴切的方式来平衡。人物会更丰满，刻画技巧更娴熟，同时语言也更为精炼，比你完全依靠你有意识的头脑进行写作所取得的效果要更好。

简言之，目前我们很少意识到自己的一项特殊的才能正在发挥作用。你可以称其为更高级的想象力，这就是你自己的天赋，或强或弱。**你头脑中富有创造力的方面，几乎完全盘踞在潜意识之中。**

◈ 天才的根源

　　天才的根源并非有意识，而是潜意识。一件优秀艺术品并不是通过意识进行考虑、平衡、削减或扩张自己的意图而诞生的。它的形成和产生都不在理性的范畴。意识可以做很多事情，但是它不能给你提供天赋或才华。

◈ 潜意识，而不是下意识

　　但是每当我们谈到或写到潜意识时，我们就会遇到严重的阻碍，因为我们的头脑并没有被充分开发。而且我们还会遇到一个更为严重的困难。当我们首次接触弗洛伊德的心理学的时候，我们首先听到的是下意识，这非常不幸。弗洛伊德本人已经在术语中对这个错误予以纠正，如今的经典著作中更经常提到的是潜意识。

　　然而对我们大多数人来说，这种不幸的"无"带有贬义，我们并未完全摆脱这种观念，即从某种程度上来说，潜意识是我们的意识中较不受欢迎的部分。迈尔斯在他的著作《人的个性》（每一个潜在的作家都应该读一读这本书）中有一章写到"天才"，非常精彩，但也落入了同样的圈套，不断地提到"下意识的冲击"。

注意：潜意识在完整的意义上并不低于，也不少于有意识。它包括不在我们理性中的一切，它的范围远远高于我们一般智力的极限，因为它有潜藏的深度。

◆ 更高级的想象力

这个需要用较多篇幅来介绍的专业术语也很不幸。要知道，潜意识必须被信任，才能从更高的层面给你提供帮助，而并非通常的作用。**任何一种艺术都必须依靠潜意识的更高的内容，以及蕴藏其中的记忆和情感。**

一个人只要是明智、健全、有天分的，就能够持续不断地依靠和利用这些资源，他与自己天性中所有这些能达到极限的才能和平友好地相处，而不是以无限的能力和活力压制每一个来自遥远区域的回声。

与潜意识和睦相处

我们不应该认为潜意识是一种不稳定的思想状态，就像那些游来游去的、模糊的、朦胧的、不确定的、乱七八糟的想法。相反，我们完全有理由相信，潜意识是艺术形式伟大的家园，它比我们的智慧更容易看到类型、模式和目的。这一事实一向如此：你必须密切注意，否则会被过分的兴奋迅速带离正确的轨道；你必须始终引导和控制潜意识所提供的过量的素材。但是如果你想写好，就必须接受你天性中隐藏在直觉背后的这一巨大而强有力的部分。

如果这件事你能够做到，那么你的写作就不会像你刚开始写作时那样劳累而困难。作家可以通过学习掌握很多的写作技巧，也可以通过思考找到很多有效的捷径。然而总体来说，是潜意识决定了你构思中的作品的形式和主题。如果你能够学会依靠它，它就会给你一个更好的、更有说服力的结尾，前提是你不会不断干涉它的作用过程，不会强加给它那些你自认为更受欢迎、更吸引人、更有说服力的想法，以及你煞费苦心从讲授写作小说技巧的书中提炼出来的、套路化的程式，或不辞辛苦对作品进行长期研究得出的技巧。

◈ 艺术的迷醉与作家的魔力

真正的天才可能终其一生都未认识到自己是如何写作的。他只知道，有时他必须不惜一切代价来独处；有时候浮想联翩，枯坐而无所事事。他通常相信自己的头脑是空的。有时我们会听说有才华的人处于绝望的边缘，因为他们感到自己毫无收获；但突然之间，沉默期过去了，又到了他们必须写作的时刻。观察者将那种疏远的、孤独的、与世隔绝的时光称为"艺术的迷醉"，他们敏锐地发现那种无所事事只是一种表面的静止。

有一种因素在起作用，但是它的行动却如此深沉、默默无言，以至于几乎看不到它活动的迹象，直到它积蓄力量准备将它的愿景付诸实施。艺术家觉得必须放任自己沉于孤独、遁于休闲、长时间沉默不语。人们正是因此而指责艺术家行为古怪、举止粗鲁，而这也恰恰是天才的表现。如果人们能够认识并容忍这个阶段，它就不会产生破坏性的影响。艺术家总是会有偶然的超脱期；那不可名状的天赋总是会以一种回避和漠不关心的姿态来显示自己的存在。

但是，也有可能让这个阶段尽快过去，并在一定程度上将其控制。艺术家的魔力所在，是能够按照自己的意志对那种更高级的想象力、那种直觉、那种潜意识所能达到的艺术水平进行引导，这也是他唯一的真正的"秘密"。

chapter 16

第三个人，
天才

作家的天性不是双重，而是三重／神秘的才能／释放天赋／节奏、单调、沉默／擦洗地板

◈ 作家的天性不是双重，而是三重

这样一来，我们就可以理解作家的天性不是双重，而是三重。三个伙伴中的第三个成员是——**不管其表现是脆弱还是强烈，是持续不断还是有间歇——一个人的天赋才能。** 敏锐的洞察力，具有穿透力的直觉，把普通的经历结合在一起，转化为"高于现实的想象"——所有这些都是艺术家的必需品质，或者在一个更为谦虚的层面上说，这所有表达生活的品质，都来自一个远远超出了我们一直在研究和学习，想要加以控制的领域。

出于最实用的目的，它足以将我们的头脑粗略地划分为意识和潜意识两部分。即使对大脑的复杂性没有这样多的了解，也可以安然度过一生（甚至艺术家的一生也可以这样度过）。然而如果你认识到自己天性中的第三个组成部分，理解它对你的写作的重要性，学习释放它，克服来自它的障碍，就能使它畅通无阻地流入你的作品中，你就能最充分地施展自己作为一个作家的才华。

◈ 神秘的才能

现在你看到了这个令人沮丧的断言背后的基础："天才是教不出来的。"在某种意义上，这句话字面上的意思自然是正确的，然而其含义几乎完全是误导。即使做了所有的努力，你也无法将自己的这种才能增加一丝一毫，但是没有理由说明你为何有这样的愿望。它根基中最脆弱的部分也有无穷尽的丰富。

我们要学会运用这种天赋，而非增加它。每一个时期、每一个民族的伟人——他们如此伟大，为了行文简单，我们称其为"天才"，就像天赋存在于他们身上，而不需要有其他的能力一样——正是那些能够比普通人释放更多的天赋，并将其运用于他们的生命及艺术创作中的人。没有哪个人是如此贫穷，没有一点儿天才的禀赋，也没有人如此伟大，能够完全发挥自己的天赋。

一般人害怕、怀疑、忽视自己天性中的这一元素，或者对其一无所知。在深沉的情绪、危险、欢乐中，当长期的病痛使身体和心灵安歇下来时，在我们从睡梦中带回的遥远而模糊的记忆中，或在迷醉的时候，每个人都曾与它有过亲密接触。它在音乐天才的生活中留下的痕迹是最不容置疑、最神秘的。然而，无论它多么神秘，多么不可思议，它确实存在；它不再是"一种无止境的、艰苦努力的能力"——就像天才的古老定义——不如说"**灵感就是汗水**"；这是一种典型的美国式的定义。

传递一个人直觉知识的过程，如果能令人满意地传达一个人的领悟能力，那么，这一过程的获得或许就是无穷无尽的劳作。我们或许需要长时间地推敲才能找到准确的语言阐明某一时刻的领悟。但是拒绝让天才萌动的努力是一种误导。

当一个人学会释放这种潜能，即便运用得不是很熟练；或者当它能够被幸运地释放，你会发现，他不但没有必要忧心忡忡，进行艰苦的努力，才能达到想要的效果，恰恰相反，他有了被创作的洪流裹挟前行、顺流而下的奇妙经历。（例如，阅读任何有关莫扎特生平的传记都能找到证据。）

◇ 释放天赋

通常这种释放会不期而至，偶然出现。一个艺术家有可能依靠这一领域的天赋完成一本书、一篇小说、一幅画，却从未意识到这一点。他甚至可能会否认说，任何所谓的"天才"都是令人怀疑的。他会向你保证，以他的经验，这完全是"进入了他的步伐"；但是"进入了他的步伐"究竟是什么意思，他或许永远也不能解释，即使在那种幸福的状态下，他思路清晰、下笔如有神，写了一页又一页优美的文字，远远超出了他在平庸状态下写出的任何东西。

或者会有另外一种可能，他坦率地告诉你，在对一个念头苦思冥想了很长时间，想得他脑袋都疼了之后，他觉得自

己走进了死胡同，他不能再想下去了，甚至于无法理解这个
念头当初为何对他有吸引力。过了很长一段时间之后，当他
不抱有任何期待的时候，那个想法又回来了，而且不可思议
地丰富而完整，他所做的只是把它写下来。这样的例子不胜
枚举。

大多数成功的作家在找到自己释放这种才能的方法之
前，都经历过尝试以及错误的过程，对此他们记忆模糊，以
至于很少能够给寻找这一秘诀的初学者提供经验。他们对写
作习惯的说法如此不一样，难怪年轻的写作者有时会觉得，
在回答文学作品创作的真正过程是怎样的时，他的前辈都在
搞阴谋诡计，为的是欺骗和误导他。

◈ 节奏、单调、沉默

我应该说，没有阴谋，作家之间的嫉妒或猜忌是非常少

的。他们会告诉你他们能做什么，但是越是直觉能力强的艺术家就越不能分析他们的工作方式。经过长时间的咨询，大量翻阅作家报告之后，最终得到的是，没有任何解释，仅仅是个人经验的简单总结。他们一致认为，一本书或一个故事的灵感通常是在一瞬间闪现。在那一刻，很多人物，很多情景，包括故事的结局——不管是模糊还是清晰——都能预先显现出来。

然后会有一段时间的紧张思考和对那些想法的仔细斟酌。对于有些作家，这是一个非常激动人心的时期，眼前的诸多可能性似乎让他们欣喜若狂。之后就是一段静止期，由于几乎每一位作家在那个间歇期都有各自的一些特殊癖好，所以很少有人注意到，这些业余活动有一些共同的特点。骑马、编织、洗牌、写卡片、散步、削木头……它们都有一个共同的特征——或者可以说，有三大特点：所有这些活动都是有节奏的、单调的、无言的。这就是问题的关键所在。

换句话说，每一个作家，在某种程度上，是靠长期的探

索或运气，让自己进入了一种轻度的催眠状态。还保有注意
力，但仅仅是保有，对它并没有严格的要求。在远离头脑这
种表面状态的背后，他几乎意识不到（除非他自己的观察力
告诉他）所有的活动都在向前推进，他仍在不停地反复酝酿
他的故事，并拼接融合成一个有机的作品。

◈ 擦洗地板

　　无须更多的线索，你就能将类似的你自己的活动找到；
或者你会在某些不断重复的习惯中，发现一种对你有用的
活动。但是这些偶然发现的、消磨时间的活动都有一个缺
点：当你发现它们很少能被摆脱的时候，它们就只是拙劣
的手段。事实上，许多作家确实非常迷信那些对自己有用
的做法。

　　"如果我有一块地板要擦洗，就一切都好。"我的一个学

生这样对我说。她是一位教授的妻子，在照顾一家人的同时抽出时间来学习写作。她发现，在她擦洗厨房的地板时，她对作品的思考能达到最佳状态。一次小小的成功让她来到这个城市学习写作，她因而确信，只有回到擦地板的那种单调的节奏，她才能再开始写作。这是一个极端的例子。然而有很多著名的作家的迷信，也和这位中西部家庭主妇的迷信一样，固执而坚定，尽管他们很少坦率地承认。事实上，绝大多数被发现的方法都是随意的、主观的、偶然的，就像擦洗地板一样。

有一个方法可以缩短那个"孵化期"，并能产生更好的作品。这个办法就是你已经拥有的作家的魔力。

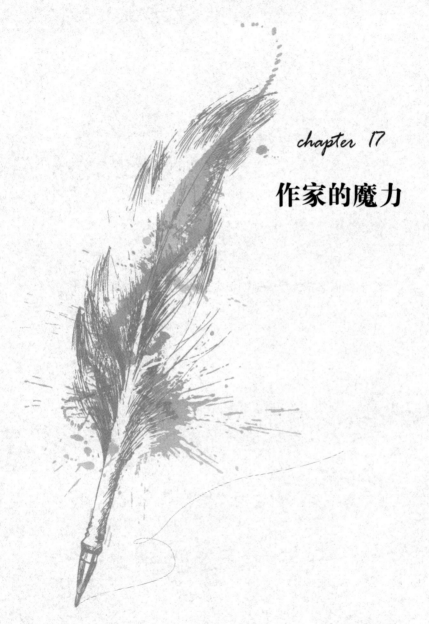

chapter 17

作家的魔力

X对于头脑就像头脑对于身体／使你的头脑保持安静／控制练习／故事构思逐渐成形／魔力在发挥作用／诱发"艺术家的迷醉"／告别的话

◈ X对于头脑就像头脑对于身体

为了方便起见，我们假设我们所有人都或多或少地被赋予了这种天才。这种天才已经被分离、分析和研究了，并且发现它与头脑的关系就像是头脑与身体的关系一样。如果"天才"这个词仍然显得过于夸张，让人不舒服；如果你担心被介绍的精神品质带着狡猾的伪装，会让你感到不安，那就忍受一会儿吧。

我们暂时较为策略地将这种能力称为普通的X。现在，X被认为是代数公式里的一个元素——X之于头脑就等于头脑之于身体。为了集中精神思考，你要让自己的身体静止；最多让它稍微做一些轻微的机械运动，就像机器人一样。为了让X行动起来，你必须让头脑安静下来。

你会观察到，这正如那些有节奏的、单调的、无言的活动，带有模糊的目的：它们被用来使头脑——就像身体一样——处于一种悬置的状态，然而此时更高的或更深层的能力在起作用。到目前为止它们是成功的，它们被反复采纳和运用。但是它们通常是不合时宜的、不令人满意的，并不总能和他们想要的结果一致。

另外，它们通常要花费比那未知的品质所需的更多的时间来发挥作用。所以，如果你有幸作为一个年轻的作家，还没有为那个故事的孕育期找到一个固定的模式，你就有机会为达到同样的目的而学习一种更快更好的方法。

◆ 使你的头脑保持安静

简单地说，这就是：**学习让你的头脑像你的身体一样安静**。

对于有些人来说，这一点非常容易做到，以至于他们无法相信有人做不到。如果你属于那个幸福的群体，不用进行任何使你更加专注的练习。然而，当你读到书中这一节的时候，将书合上，放在手上，闭上眼睛，尽你所能地保持头脑安静，这样持续几秒钟。

　　你是否成功做到了？——哪怕只是一小会儿？如果你之前从未这样做过，你可能会感到惊讶和困惑，发现自己的思维如此忙碌、混乱和难以安静。"像只活蹦乱跳的猴子"，一个印度人会这样半是嘲讽半是纵容地形容自己的头脑，或者就像圣方济各 [圣方济各（1181—1226），亦称亚西西的圣方济各或圣法兰西斯，天主教方济各会和方济女修会的创始人。他称自己的身体为"驴子"，因为驴子的命运是负重走路，被人鞭打，吃着最少又最粗糙的食物。] 说他的身体一样，"我的兄弟，像头驴子。""它像水里的虫子一样不停地滑动！"一个实验者惊讶地说道。但是经过一点儿练习，它就会为你停止滑动；至少会静止到符合你的要求。

◈ 控制练习

最好的训练是每天将这个过程重复一遍，坚持几天。只要闭上眼睛，有意识地让你的头脑保持平静，但是不要急迫，也不要紧张。每天一次，不要施加压力，也不要试图加强练习。当你开始有所收获时，让头脑安静的时间稍长一些，但是不要太紧张。

如果你发现你不可能这么容易地做到，那就试试这种方法：选择一个小东西，比如一个小孩玩的灰色橡皮球。（最好不要选择任何有亮面或有明显亮点的东西。）把球拿在手里，盯着看，将你的注意力集中在球上。只要你的头脑一走神，就轻轻地把它拉回来。当你只想着这个物体，没有其他东西的时候，再进行下一步。闭上眼睛，继续看着那个球，想着别的什么事。然后看看你是否会让这个简单的想法溜走。

最后的方法是让你的思想自如地波动，在它波动的时候密切地关注它。这样它就会变得更安静。不要急于求成。即使它不能完全安静下来，它也该够安静了。

◈ 故事构思逐渐成形

当你能够让头脑安静下来，即使是安静一点儿，试着在你的脑海里构思一个故事，或一个人物，让你静止的大脑以它为中心。现在你会看到几乎令人难以置信的结果。你头脑中学究式的、不令人信服的念头逐渐成形，并有了色彩；一个木偶似的人物随之有了生命。每一个成功的作家都能有意或无意地召唤这种能力，并将生命的气息注入他的创作。

现在你已经做好了更深度地体验这个过程的准备了。

◆ 魔力在发挥作用

因为这只是练习（虽然和你预想的相比，练习中的想法要更多），你可以机械地去完成。随意选择一个故事的构思。假如你在做这个练习时不喜欢使用自己珍视的情节，下面的选择也有效：用你在现实生活中认识的人物取代一本名著中的人物。

比如，如果你的姐姐是贝姬·夏普 [贝姬·夏普，英国小说家萨克雷代表作《名利场》中的女主角，一个挖空心思想要进入上流社会的女孩。]，《名利场》的故事会怎样发展？假设格列佛 [格列佛，乔纳森·斯威夫特的长篇游记体讽刺小说《格列佛游记》的主人公。乔纳森·斯威夫特（1667—1745），18世纪英国作家、政论家。他的其他作品有《书的战争》《一只桶的故事》《给斯黛拉的日记》《布商的信》和《一个小小的建议》等。]是个女人，又会怎么样？无论这个想法有多么模糊、枯燥或不完整，都没有关系。就我们的目的而言，在开始的时候，越是令人不满意，就越能完整地显示这个方法的有效。

给这个故事写一个大纲。先将主要人物确定，然后是次要人物。尽可能明确你想要把他们放在哪种重要的情景中，以及你想给他们怎样的结局。不必担心他们会进退两难；只要让他们置身其中，然后看着他们走出困境。在这里，想想那个指环实验（见第四章），看到结尾就足以使这种方法起作用了。以一种愉快的、放纵的心情来思考整个故事，发现明显不合情理的地方就予以纠正，同时提醒自己，假如可以自然地添加一些元素，你想将哪些因素包括进去。

带着你写的那个粗略的大纲去散步吧。一直走到你稍微觉得有点累时，再回到起点，估测一下你走的距离。动作平稳、简单，不要像运动员一样用力——开始时，最好是懒散地漫步，之后可以走快些。

现在，回想一下你的故事，让自己沉浸其中——但是只把它当作一个故事，而不是想你将怎样去写它，或者你将会用什么方法达到这样或那样的效果。不要让自己被任何外物所干扰。当你回到起点时，想想故事的结尾，就好像你读完它以后把它放在一边。

◈ 诱发"艺术家的迷醉"

现在洗个澡，仍然不着边际地想着它，然后走进一个昏暗的房间。躺下，背部放平。另一个选择是，只有当你发现自己的姿势让你昏昏欲睡时，才坐在一张低矮的大椅子上，但不要完全放松。当你找到一个舒服的姿势时，就不要再动了：使你的身体安静下来。然后让你的头脑安静下来。躺在那儿，**处于一种不睡着也不是太清醒的状态**。

过一会儿——可能是二十分钟，也或许是一个小时、两个小时——你会感到一种强烈的冲动，一种力量的冲击。立即服从它，你会处于一种有点梦游的状态，除了你要写的东西之外，你对世界上的一切都漠不关心，整个外部世界都是灰暗的，只有你想象的世界栩栩如生。站起身来，来到你的纸或打字键盘前开始写作。你现在所处的状态就是一个艺术家的工作状态。

◈ 告别的话

一部作品的好坏好取决于你和你的生活：你有多么敏感，多么善于辨别，你的经验能够多么贴近你潜在读者的经验，你多么透彻地领悟了写好作品的要素，以及你的节奏感有多好。但是，不管有没有局限，你会发现，如果你做完这些练习，你就可以通过这种方法写出一篇成形的、完整的作品。毫无疑问，它会有瑕疵；但你可以客观地看待它，并努力消除这些瑕疵。

通过这些练习，你已经把自己变成了一个能很好地运用自己的天赋的人。你灵巧而结实，就像一个好的工具。你知道像艺术家一样工作是什么感觉。

现在，去阅读所有你能找到的有关小说写作技巧的书吧。你终于可以从它们之中受益了。

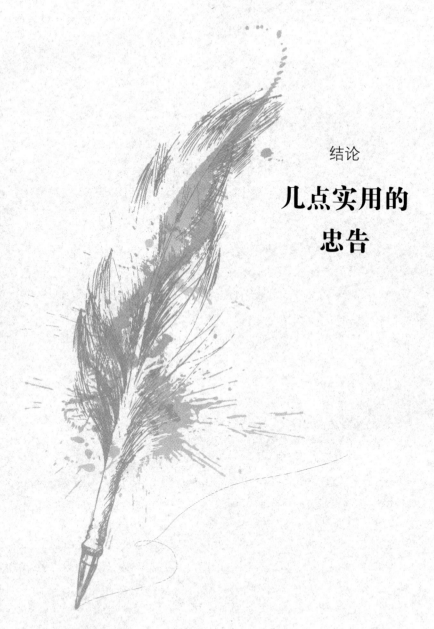

结论

几点实用的
忠告

打字／有两台打字设备／文具／在书桌前：写作！／喝咖啡成瘾的人／咖啡加伴侣／阅读／

购买图书和杂志

◈ 打字

只要你可以做到，最好学会打字。然后，如果可能，就要学会打字写作。除非你写得非常快，而且很清楚，手写稿通常又费时间又费精力。但是要确保从手写换到用机器写的时候，你不会牺牲任何东西。有些人用机器写的作品无法达到随意用手写时的品质。

写两个极为相似的想法，一个用机器写，一个用手写，将二者比较一下。如果用键盘打出来的稿子更生硬，如果你发现那些不见的想法在手写稿中找到了，那就说明用机器写作并不适合你。

◈ 有两台打字设备

职业作家应该有两台打字设备：一台标准的台式机和一台

便携式设备——最好是无声的那种。两部机器的字体要一样。这会让你无论在哪个房间，哪个闲暇时刻，或者在旅途中，都能方便地写作。你还可以把一个未完成的作品放在机器里，就像是无声的责备——如果你发现自己需要这样做的话。

◈ 文具

扫荡一家文具店。市场上有数不清的铅笔，有各种颜色和硬度，全部都试一遍；你会找到理想的铅笔。对大多数作家来说，中等硬度的铅笔是最好的：写作的时候字迹不会模糊，也不是特别费力。

试试证券纸和直纹纸———种既柔软又光滑的纸。很多初学者使用的是证券纸，因为他们从未找到更光滑的纸，然而证券纸上的颗粒让他们很是恼火，感觉像在一只上了釉的瓷器上写字一样。

试着在松软的纸上写作，在各种尺寸的便笺本上、笔记本上写作。准备一个笔记本，以便在每次短途旅行中随时写作。在长途旅行中带上打印纸和便携式机器，充分利用你的时间。

不要购买分量重、硬度高的证券纸。它会让的邮包笨拙而沉重，磨损得也要比便宜一些的低硬度的纸更快。"一种上好的书写纸"，你买纸时要这样说。如果你的意思不能为店员所理解，那就去找一家更好的文具店。

◈ 在书桌前：写作！

当你坐在一台打字设备前，或者安静下来拿出纸和笔，就要学会尽可能快地开始写作。如果你发现自己坐在那里发呆，或者咬着铅笔，就站起来，走到房间最远的角落。在你积蓄力量的时候一直待在那儿。当你想好第一个句子的时候，就回到你的写作工具那里。如果你在书桌旁能够坚决地拒绝沉浸在幻想中，你会发现只要是坐在那里，就能让你文思泉涌。

如果你不能一气呵成地将一篇作品写完，那么在你从书桌旁起身之前，**先和自己做一个约定**。你会发现，这种做法在很多方面都像是一种催眠暗示。你会毫不拖延地回到写作中，并且会毫不费力地继续查看同样的笔记。这样，你的故事就不会像一条拼接的棉被那样有多种不同的风格。

◈ 喝咖啡成瘾的人

如果你有一种根深蒂固的习惯，那就是每天早上喝完咖啡后再处理事情，那就买一只热水瓶，晚上就把它灌满。这将以最巧妙的方式挫败你狡猾的潜意识——你就不能因为等待你的咖啡烧热而推迟工作了。

◈ 咖啡加伴侣

如果你写作中苦苦挣扎时喜欢喝大量的咖啡，试试加兑一半咖啡伴侣，这是一种南美的饮料，就像茶一样，但是刺激且无害。在任何大型百货商店里你都能买到它，而且不难准备。

◈ 阅读

如果你要写的作品是一个长篇，以至于在完成之前你无法不读书，那就一定要选择那些尽量和你自己正在写的作品不一样的书阅读：可以阅读科技书、历史书，或者最好读其他语种的书。

◈ 购买图书和杂志

定期购买图书和杂志，并试着根据其种类总结出编辑的具体要求。买一本关于小说市场的指南，无论何时，只要你发现编辑要找的稿子和你有意写的作品相似，如果你不能在你家附近买到那本杂志，就邮购一本。